人生下半場

得到甚麼 失去甚麼
都要好好過

區祥江教授 著

enlighten &fish 亮光

主編的話

區祥江老師這部作品，自出版以來，經過多次的修訂。

書的主題，仍然是從「人生下半場」為起點；但今時今日，無論是全世界或個人面臨的挑戰不同了。尤其近幾年，在疫情後，世界告訴你，外在的經濟及社會環境都轉變了。當不少人走進下半場，原本正打算或準備穩定下來的時候，無論是被動還是自願地，卻要作出或快或慢前所未有的改變。

「改變在人生下半場時」是今次修訂版增修的主題，希望大家在作出改變的時候，可以重回一個十分核心的基本：就是認識自己，故特別加入 MBTI 性格分析這篇章。

近年再次流行起來的 MBTI 性格分析，由 MBTI 發展出來的十六種性格，讓人更深入了解自己的「認知功能」（Cognitive Functions）如何形成不同的性格取向。每種性格的人在人生下半場可能面臨的挑戰，會有不同面對的取向；若每種性格的人都能加強對自己性格「劣勢」（Inferior）的認知，確實有助在下半場的生命得到平衡和健康的整合。

希望這本不斷修訂的書，藉著祥江老師的輔導專業，並他個人經驗及周遭觀察，與大家一起走上一條由外在走向內在的路程，這路程在人心裡激起怎樣的漣漪，人人不同；但期望大家在走向認識自己最內在的強項及弱項時，無論得到甚麼，失去甚麼，都能坦然面對。

MBTI 發展出十六種性格分析，但人生又何止十六種。每個人都是獨特的，只要好好過就好。

人生下半場，得到甚麼，失去甚麼，都要好好過。

共勉之

林慶儀

contents

Chapter Three

走進人生下半場，
16種MBTI性格如何發展「劣勢認知功能」

Chapter Four
負面不等於可恥

Chapter Five
「失去」的「得著」

Chapter Six
回望過往的勇氣

Chapter Seven
重新學習與別人相處

Chapter Eight
別讓身體的軟弱成為你的限制

Chapter Nine
規劃全新的生活

放過自己

當我們人生閱歷多了，看世情應該可以通透一點，也會少一些執著。

事實卻是因人而異的。

我們經常聽到人投訴這把年紀的人執著，鑽牛角尖，這也難怪，我們太過相信自己的看法，所以並不容易放下自己的價值取態，有時會跟自己意見不同的人爭論不休。

另一個極端是樣樣事情都無所謂，都看化了。

我想最佳的出路是擇善而固執吧。只選一些對自己重要的戰線來執著就好了。

不過，放過別人的看法還容易，放過自己卻不是那麼輕而易舉呢！

所以，當編輯説要修訂這本書，而加重「放過自己」為主題時，我就欣然接受這個挑戰。

放過自己其實不簡單，包括接受自己的遺憾、原諒自己的過錯、接受自己的體力今非昔比、身體會走下坡、會容易疲憊，甚至躺平。

希望這些反思能啟發人生下半場的你，走得輕省和自在一點。那就是我的心願了。

區祥江

2022 年 4 月 8 日

善待自己

人生其實充滿矛盾的，哀樂參半。我想這是每一位經歷了人生上半場的人的共同體驗。

踏入 2020 年，外面的環境確實哀多於樂，社會的政治風暴未過，又有新型冠狀病毒的疫情，香港人不如意事真的是十常八九，沒有誇張的。

但今年卻同時間有很多喜事迎向我，兩個女都結婚、建立她們的新居；小兒子大學畢業；跟太太結婚 35 周年；還有我登「六」了。

對自己 60 歲其實有些不容易接受的感覺，彷彿人生真的這麼短促。好像自己的事業生涯就快結束，能再教授的學生人數不多；自己能延伸的影響力其實相當有限。

當編輯說我這本《人生下半場 你要好好待自己》的書快再版了，我翻閱自己寫過的東西，覺得對自己仍然是適切的。特別對老、失去、回望人生、身體多了一些小毛病，多了不少深刻的體驗。

在忙碌的生活節奏被社會風暴、疫情拉慢下來，跟家人多了相處，也多看了電影，有空就多寫一些日記，為自己留下一些心跡。

發覺若要為這本舊作增加一些色彩，這段日子最深刻的洞見是要好好善待自己。因為人生苦短，外在政局要很快有突破性的改變並不容易，書中我對人生下半場的建議，其實是「處理自己心靈」的提議，這些提議在動盪的社會中，特別顯得重要。惟有自己內心有一個穩固的錨，才能面對多變的世界。我們也要為自己上半場撒了的種子，如今享受自己的成果，給自己一些獎勵。

與讀者共勉

區祥江
2020 年 2 月 4 日

人生下半場

一年前答應了《時代論壇》寫「精彩下半場」的專欄，我喜歡這扇窗。文字給我在生活中騰出一個小小的空間，感受一下這個人生階段的「我」，捕捉一些自己身邊所發生的事和感受。沒想過它也能結集成書。為了令本書更圓滿，我應編輯的提議，多寫了大概十篇文章。

雖然人生下半場，人看來像是開始要走人生的下坡，要面對一些必然發生的失落，如健康、親友離去等，能擁抱人生一些負面的情緒其實並不可恥，是人生必經的階段。或許在那些「失」當中，有所「得」也未可知。

我想重要的是願意有勇氣去回望自己的「過去」，享受「當下」生命給予我們一些甚麼景致和挑戰，對將來勇於把握自己餘下的時光，好好規劃全新的生活。生命迎臉而來的仍然是意想不到的驚喜和學習，只要投入去，我們仍然可以說生命多好，多有意思。或許，下半場精彩與否，也相當取決於我們是否有一個積極樂觀的態度來面對它。

所以，常言道，「哀樂中年」，我的體驗是樂多於哀的，而哀也是我們情緒的好朋友，一夜雖然有哭泣，早晨就必歡呼，歡呼著生命有多精彩，哀愁只是襯托出喜樂時的可貴。

或許我們來到這個年紀，已經勞碌半生，是時候放慢腳步，選擇自己喜歡作的事情，而不再為口奔馳而忘卻善待自己。深願透過我的文字和分享，能啟發讀者有一個快樂、滿了汁漿、終生學習、滿載妙趣、善待自己的生活，這才不枉此生。

區祥江
2015 年 11 月 11 日
香港中國神學研究院

Foreword
前章

放過自己．培養走下坡的力量

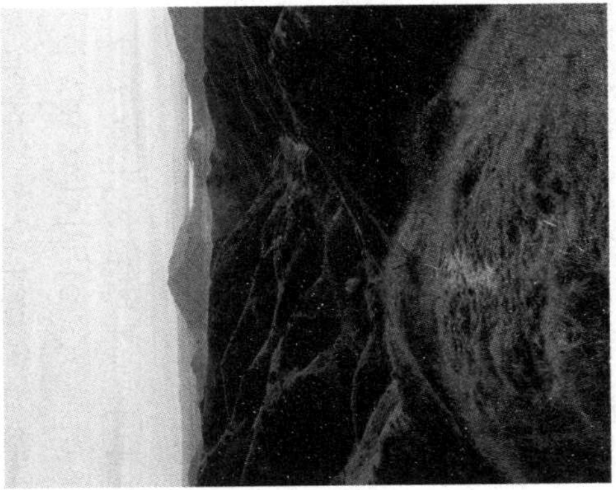

人生難免有憾事三四五宗，學會跟遺憾與失望共處。

Frank Sinatra 的名曲〈My Way〉當中有一句：「懊悔我有一些，但那太少了，不值得一提。」（Regrets I have a few, and yet again too few to mention.）可恨的，對於我們走在人生下半場的人，上半場作過不少人生的決定，可以是事業、感情、居住地、投資等決定，回頭望，難免為了自己「有做」、「無做」、「做錯了」的事而後悔。雖然我們不常在人面前提起，卻不時在夜闌人靜的晚上，縈繞在腦際間揮之不去。能夠與遺憾共處，談何容易？

當然，最佳處理懊悔的方法是歸回原點去糾正自己的錯誤，重新出發。可恨是人生有不少事情是不能推倒重來的。有一些事錯失了就是錯失了。例如：你想著你的初戀情人，為何當時沒有好好珍惜，但她已另嫁他人；或者年輕時選錯了某一專業，要尋回自己的夢想不是完全不可能，但所付的代價和能否有成功的機會，你卻不肯定。這些都會令你卻步。那麼，當沒有第二次機會，彌補為時已晚，那該怎麼辦？顯然，我們別無選擇，只能忍受自己的錯誤，將遺憾添加到「拒絕在記憶中消失」的事件簿中。

在歌曲中，Frank Sinatra 告訴我們，他「並不害羞」（not in a shy way），他為自己所做的一切感到自豪，並且以「我的方式」（my way）做到了這一點。但歌手在現實生活中真的是這樣嗎？Larry King曾在節目中採訪過Sinatra，他形容Sinatra是一個孤獨、不快樂的人。

所以，學懂與遺憾共處，是我們在人生下半場要學的功課。

以下有幾點值得參考的：

1.承認你的感受

承認並接受與你的遺憾相關的感受，接受自己有這感受才能將它放下，這有助促使你思考面對遺憾的策略，減少未來類似經歷的痛苦。

2.避免沉迷於過去的遺憾

嘗試從你認為是以往錯誤的決定中學習。如果你繼續用過去的遺憾來懲罰自己，這將損害你在現在和未來做出更好決定的能力。執著於遺憾，只會讓你感覺更糟。應以此為契機，學習甚至激勵自己在未來做出新的、更好的選擇。

3.對自己多一些仁慈

過去做出錯誤的選擇，並不意味你注定要一遍又一遍地重複這個錯誤。允許自己藉著經驗再次處理類似情況，若有朋友也有類似的遺憾，你會如何安慰他呢？就用同樣的說話安慰自己，你理應是自己最好的朋友。

4.給自己時間從過去的遺憾中治癒過來

如果你的遺憾與過去的一個重大決定有關，你需要給自己時間從那個選擇的後果中恢復過來。不斷地思考和反省，只會使消極的想法和感受永遠存在。專注於能夠以積極的方式放鬆、滋養和激勵你的事情上，隨著時間的推移，負面情緒會開始消退。

5.分散自己的注意力

將你的思想和精力集中在會讓你感覺良好的事情上，例如花時間和你感覺相處時自在舒服、可以坦誠交談的人在一起。如果你專注於當前發生的事，那麼就不太容易沉湎於過去的遺憾。

6.為自己訂立新目標

利用你獲得的知識和經驗來制定新的、現實的目標。問問自己是否可以做些甚麼來修復舊有的損害，並為未來建立更積極的目標。當你達成目標時，好好為自己慶祝一下。

放過自己，才能放過別人。

人際間的互動有著一個很奇妙的關係，有人善待過你，你也會轉過來善待其他人。所以，說到人際間的恩怨，若有人無條件的放過了你，你也會相對容易的放過別人。這是很淺白的人際邏輯。

但聖經記載了耶穌說過的一個比喻，卻令我們大惑不解。耶穌的愛徒彼得問耶穌：「主啊，我弟兄得罪我，我當饒恕他幾次呢？到七次夠嗎？」耶穌說：「我告訴你，不是到七次，而是到七十個七次。」

接著耶穌就說了一個故事，我意譯如下：

神的國就像一個國王，決定與他的僕人算賬。一個僕人被帶到他面前，他欠了國王十萬美元的債務，付不起錢，於是國王下令把他和他的妻子、孩子和貨物，一起帶往奴隸市場拍賣。那可憐的人撲倒在國王的腳下，懇求說：「給我一個機會，我會還清一切。」國王被他的懇求感動了，就把他的債免了。這僕人剛走出房間，就遇到一個欠他十塊錢的朋友。他掐住對方的喉嚨，說：「你快還錢！」那個可憐的傢伙撲倒在地乞求：「給我一個機會，我會還清一切。」但這僕人不肯。竟將對方逮捕並投入監獄，直到他還清債務。其他僕人見此情形，大怒，紛紛向國王報告。

國王召見那僕人說：「你這惡僕！當你向我求饒，我免除了你所有的債務。難道你不應該對向你求饒的欠債朋友有一些憐憫嗎？」 國王大怒，便把那僕人交給司刑的，直到他還清了所有的債務。

這故事跟我之前說的邏輯剛剛相反，究竟這個惡僕為何沒有一點惻隱之心？主人善待了你，你也理應善待虧欠你的人才是。問題出在甚麼地方？

我想最重要的是，那位僕人有沒有真正經歷了白白的恩典。當他懇求國王，他說會還清一切。會否因著主人如此爽快的免了他一切債務，這對他來說是有點難以置信，所以一時之間還未完全消化被無條件免去債務的感覺；換句話說，他仍然覺得自己是一個欠債的人，賬面上無債，心理上卻仍然是一名「債仔」。在還未是無債一身輕的狀態下，他見到下家的「債仔」，很自然便急著討債！

我們走了人生一半的路，對人或多或少都有一種虧欠感，得罪人好，或是欠人一份人情好，我們很多時候都未能欣然接受別人的寬恕、原諒或免債。縱然別人免了自己的債，已經放過了我們，我們卻未能全然放過自己。這種未能放過自己，享受別人的恩典，令我們不時都在計算，其他人有沒有得罪自己，虧負自己。心中常想著要取回公道、要扯平。

我在開首指出的人情邏輯，原來有一個缺少了的重要一環（missing link），就是自身接受別人無條件免債後，我們就要學習放過自己；懂得欣然放過自己的人，才能夠放過其他得罪我們的人。

人生可以是一個追債的惡性循環，也同樣可以是一個良性的恩典循環。都活了幾十年了，這功課都應該要學懂了吧。想想一些曾經虧負了你的人，他們會否還活在欠債的心理陰影之下？把他那債項一筆勾銷吧，啟動恩典的循環，令世界美麗一點。

躺平，為何不可以？

最近躺平這潮語十分受人關注，甚至將它的意思不斷延伸，泛指我們躺下來不作為，只作旁觀者，不積極參予任何事務。不過，這潮語主要應用在年輕人身上，我們今天要探討的是我們這些人生下半場的人，都勞碌半生了，躺平，難道不可以嗎？

讓我們先翻翻維基百科，看它怎樣介紹這現象，我覺得寫得非常好，不另編寫了：

躺平或躺平主義是2021年開始流行的網絡詞語。指90後和00後年輕人在國內經濟下滑、社會階層固定導致的階層流動困難、社會問題激化的大背景下出於對現實環境的失望而做出的「與其跟隨社會期望堅持奮鬥，不如選擇『躺平』，無慾無求」的處事態度。被視為是對抗社會「內捲化」的一種方式。其具體內涵包括「不買房、不買車、不談戀愛、不結婚、不生娃、低水平消費」和「維持最低生存標準」。

躺平被視為是「低慾望青年」對於階級固化的低流動性社會、中產階級萎縮、在職貧窮、資本家對員工的苛刻待遇、勞資關係失諧、以及不合理的社會經濟結構等現況的回應。

有了這些背景，我就覺得已屆人生下半場的人，大有躺平的條件呢！

年輕人是被社會趨勢逼至無慾無求，我們卻是經歷了人生大大小小的風暴，看破世情（或説紅塵），可説是人到無求品自高的階段。那些啥也不買的人，多是已經試過擁有，才發覺物質東西不能真正滿足自己內心。所以，他們反而喜歡簡約、享受已經擁有的，不再去抓，不再去追。維持低水平的生活是自己選擇的。我們也有年輕人那份傲氣，不想再為五斗米折腰。因此，不如就躺下來，休息一下，享受自己勞碌得到的成果。

不過，有些中年人習慣了忙碌工作，要他們躺平，總是「周身」不自在。因為工作給予我們效能感和存在感，不少提早退休的男士，沒有了卡片和一個工作的框架，就不知如何為自己定位。由忙碌工作過渡到退下來躺平，需要一些時間和適應。

當然，也有一些是身體發出訊號，要他們躺平的。聖經中有一位與巴力先知鬥法的以利亞，他是因為耗盡了，有敵人恐嚇他，他就逃命、求死。最終，上帝要他「躺平」，供應他飲食，讓他只須休息、睡覺，讓身體重新得到滋養。之後，上帝就給他新的任命，叫他去培育接班人。

所以，這些被迫躺平的機會，我們也要細心思考，背後可有甚麼從上帝而來的啟迪？

對於躺平這個現象，我比較傾向跟從傳道者的智慧，就是起來有時、躺平有時。隨著人生的風景轉移，我們就適當的回應生命的邀請吧。能夠懶洋洋的睡一個午覺，喝一杯手沖的咖啡，是多麼幸福的事。這是我們勞碌忙了大半生之後的小確幸吧！

無為的有為

編輯交了這樣的一個題目給我——無為的有為。

這大概是老子的思想吧！為了接受這個挑戰，我就看看背後的意思是甚麼。

無，在哲學上表示無形、無名、虛無等，或指物質的隱微狀態，意思是一種不顯形、不著痕跡的東西。為，指行為、作為。無為，指一種「順應自然」的作為。經過有為的思考，做出順勢而為的行為，即順應自然的變化規律，使事物保持其天然的本性而不人為造作，從而達到「無為而無不為」的境界。

我們可以人生階段來看有為與無為。當我們年輕的時候，很希望靠自己雙手去創造一番事業，努力的計劃、尋找機會、衝破萬難的去有所作為。可說是「有為」的人生階段。未知「無為」的道理所在。

可是，我們在改造自然、改變社會的「作為」中，同樣要順乎自然和社會的發展規律，主觀妄為、不該為而為之就會失敗。當我們在社會打拚了半生，才發覺不是每一樣事情都可以靠自己的意志和努力就能達到。碰壁多了，就學懂有些事情要順勢而行，有不少事情是要等待機會成熟，才能開花結果。

那麼，無為的有為又是甚麼意思？無為是有為的否定，也是更高層次的有為。無為與有為是對立統一關係，假如一味地強調無為，就會陷入虛無主義的消極泥坑。無為不是完全否定工作的重要，只是不逆水行舟，找著乘風破浪的契機。

有為與無為的對比，我想起聖經中的彼得，他可說是「有為」的表表者。彼得經常給我們衝動派的印象，他是最快表達、最勇敢去衝啊衝的一個，他快快斬了士兵的耳朵、「下巴輕輕」承諾不會背叛耶穌等等。只是他的「有為」經常出亂子，要耶穌糾正和循循善誘。他個人的性格終被人生的經歷修剪了，成為早期教會重要的一位領袖。

主耶穌對彼得發出有關他未來的預言：「我實實在在地告訴你，你年少的時候，自己束上帶子，隨意往來，但年老的時候，你要伸出手來，別人要把你束上，帶你到不願意去的地方。耶穌說這話，是指著彼得要怎樣死榮耀神。」（約 21:18-19）

由「隨意往來」到「帶你到不願意去的地方」。這是我們要學習的人生功課，學會隨遇而安。曾經在網上聽過一位老人家被送到老人院的故事。是這樣的：

一位 92 歲老伯，今天要搬進老人院。他那位 70 歲的太太最近剛過世，他感到有責任離開老家。他在老人院大廳坐上好幾個小時，當他聽到他的房間已準備好了的時候，臉上不覺露出微笑。他用枴杖緩步走著，護理員在一旁向他說明房間情況，包括掛在窗上當作窗簾那條床單。他說：「我非常喜歡。」旁邊跟著一位八歲熱心的小男孩，手中捧著剛拿到的新布偶，問他：「老伯，你還沒看到房內呢，等一會就到啦，到時再說你是否喜歡吧。」

老伯回答說：「都一樣，沒關係啦。」

「我早就選擇好我的幸福了，我不會因為這間房內有些好傢俱或是裝潢就感到意外，關鍵是我要怎麼去欣賞它。」

「我腦中已經確定，我會喜歡這間房子。」

老彼得無為的被別人束上帶走，最終為主犧牲，卻是有為的榮耀了神。讓我們好好反思，無為與有為之間的智慧。或許能順應上主的帶領，是最無為的有為呢！

「與自己不喜歡的人相處」和「與不喜歡自己的人相處」

當你細心讀讀本篇的題目，你會發覺人與人之間的關係是錯綜複雜的。你認為哪種情況較容易處理？若以放過自己為大前提，這些人際的糾纏，如何做到適可而止，不要逼自己一定要解決所有人際間的問題。

要答這兩種情況的人際難題，我有一個這樣的框架來分辨箇中的情況：

這些人際接觸是否無可逃避？相處問題一定是兩個人都有份的，那麼是誰的問題大一點，誰覺得這是一個自己一定要處理的問題？

人際相處是行為上的衝突，還是性格的差異？

雙方都願意去解決相處的問題嗎？

有了這框架，我們就先處理第一個問題：「與自己不喜歡的人相處。」

要知道，這個世界總有你喜歡的人，也總有人不喜歡你。這都很正常。而且，無論你有多好，也無論對方有多好，都不得苛求彼此。因為，好不好是一回事；喜歡不喜歡又是另一回事。刻意去討人喜歡，折損的只會是自我的尊嚴。不要用無數次的折腰，去換得一個漠然的低眉。

所以，若這些你不喜歡的人，在生活中可以避開不用經常接觸，我覺得就不用勉強自己。若一定要接觸，而你又覺得不解決彼此間矛盾，你會有很大不安和壓力，你就要問自己：那是對方行為的問題，抑或是你喜歡不喜歡的問題。若果是他行為上冒犯了你，你又被迫要繼續跟對方相處的，就只可以抱著不打不相識的態度，看能否疏解大家相處上衝突。若對方不覺得這是個問題，也不願意跟你坐下來解決，那你就要放過自己，跟對方保持一個工作關係，以河水不犯井水的方法去相處就是了。別再找自己麻煩。

至於第二個問題：「與不喜歡自己的人相處。」

同樣要問自己：彼此是否一定要經常接觸，可否避免不必要的接觸？我們雖然很想自己「人見人愛」，做一個面面俱圓的人，但真要學習放過自己，因為不是每一個人都會喜歡你。若那是性格差異，人夾人緣的話，你要接受可能無法改變對方對你的看法。

當然，反求於己，我們也可以反省一下自己待人處世有沒有容易得罪人的地方。若問心無愧的了解過，對方不喜歡你的原因相當主觀，例如不是你行為的問題，而是你的外貌跟一個得罪過他的人相似，我們稱之為移情作用——他將對別人的不悅情感，投射到你身上；你縱然表示無辜，他若依舊不理會，你就只得接受有一些人是「點錯相」的對你不好，這你也沒法子。你只可以對事不對人，保持交往安全距離，禮貌對待不喜歡你的人。

人都是喜歡跟那些喜歡自己的人接觸，所以努力的學著怎麼樣去發掘別人身上的優點，學著怎麼樣去喜歡別人，然後別人才能喜歡自己。我雖不能讓所有的人喜歡自己，可是我會努力讓我喜歡的人喜歡我就是了。若不是最親近的親友，那我們就得放過自己。做一個有一些人喜歡你、又有一些人不喜歡你的人。都活了大半生，早已知道勉強是沒幸福的呢！

人生下半場面對的疲勞，不止於抗疫疲勞，也要承認疲勞是真實的。

沒想到這新冠肺炎困擾我們近三年之久。身邊有兩位朋友，對抗疫特別敏感。

偉強是一位社工，多年前 SARS 期間，曾因對疫情的恐懼而出現焦慮；也因為覺得生命不受自己控制，最終信了耶穌，後來更結婚生兒育女。沒想過這兩年來的疫情，令他又一次跌進焦慮中。對於抗疫要作的清潔，他比太太更加嚴格，回家立即全身清洗，家中地方抹了又抹，令其他家人也緊張起來。他亦對要接近受助者十分緊張，生怕受感染。

作為他的好友，我定時每星期跟他視像傾談一次，聆聽他、鼓勵他，間中也挑戰他過敏的反應。可能後期太多人感染了，而發病者大多能康復過來，他才慢慢放鬆下來。其實作為一位中年男人，要重複作一些抗疫的清潔，難免出現疲勞。那種疲勞不單是做事情多了，無法好好休息的疲勞，而是整個人經常處於作戰，是心靈上的疲勞。比起 SARS 的不同之處，是他已有家庭，擔心害怕家人染疫，所以要求家人配合他的要求；而他怕自己染疫，也是因為肩負著一家之主重責，一旦自己有病又如何守護家人呢？

第二位朋友是麗芬，她是一位老師，與丈夫一起生活，沒有兒女。丈夫從事工程，不時要外出工作和接觸不同的人。麗芬是個超級緊張的人，她將抗疫的嚴格要求強加在丈夫身上。她丈夫則比較樂觀，警覺性亦比她低。兩夫婦經常為抗疫的不同要求爭執，一個高一個低，一個追一個走。有一段時間，她丈夫給她逼得透不過氣來，兩人經常吵起架來，甚至有肢體碰撞。這令兩人的關係更加緊張，麗芬甚至要看精神科醫生，吃藥才能入睡。平時她教學的工作已經十分沉重，要將教學轉為網上教學，對她已增加了不少壓力。其實中年人承擔的壓力可不少，工作上已經要管理下屬，同時又要關心和照顧年老的母親。抗疫疲勞，只是在眾多令她疲勞的事情上再加一項，可說百上加斤吧。

我這兩位朋友都剛踏進人生下半場，肩膀上的責任愈來愈多。要面對這人生階段，早已感到疲勞，加上抗疫就更應付不了。他們都是對自己要求高的人，不想虧負別人。所以心態上總要求自己再多做一點，勉強自己多一點來應付。我這兩位朋友都不願意承認自己的疲勞是真實的，事實上他們要給自己一些放空和真正能休息的時候。幸好他們也懂得主動向人求助，在有人聆聽自己壓力和憂慮下，內心的壓力慢慢得到釋放。

美國有句俗語：the straw that breaks the camel's back，意思就是：一根把駱駝壓垮了的稻草。大家都知道駱駝是非常強壯的動物，一般來説，一隻駱駝可以馱負五百公斤重的東西。只不過，要是你不斷往牠背上加東西的話，到了一定程度，這隻駱駝就會達到牠所能承受重量的飽和點，到時哪怕只是多加一根稻草，也會使牠承受不了而倒下來。

這諺語意喻凡事的發生並非一時造成的，而是早已經慢慢累積到最後的那個臨界點才突然「爆煲」。這可不就是許多中年人的景況嗎？不少中年人的壓力早已到達一個點，而抗疫，恐怕就是那一根稻草吧！

在疫情下，有一首詩歌給我們很大共鳴和安慰。相信你也常掛在口邊呢！盡情去唱吧，這不失為一種減壓的方法；最重要是相信歌詞所說的——我們有耶穌可以倚靠。

當你走到無力繼續下去，當你感到寂寞困惱空虛，
只要相信神隨時扶助你，願助你解開困惑拋開痛悲。
當你跑到疲乏難再下去，當你感到疑惑說：「我是誰？」
只要相信神完全明白你，就讓你伸手接受，祂深愛你。
別害怕！祂知你難受，擔當軟弱與困憂。
不需再懼怕，耶穌必拯救。願你開口接受，張開你手。
別害怕！祂知你難受，擔當軟弱與困憂，
不需再懼怕，耶穌必拯救。讓你一生快樂展翅高飛。一個全新的你。

中年的恐懼

偶然看到一個關於人生恐懼的排名，說人生有七大基本恐懼，先後排名順序是：貧窮、批評、疾病和身體痛苦、失去愛、失去自我、年老、死亡。

是的，這也是中年人能確實感受到的。

有一些是生老病死的必須經過的，我們每個人都需要面對。

失去，也是這人生下半場最能體會的。我也在這本書談了不少。我覺得中年是尋回真我的好機會。

至於貧窮，也是我們中年人要好好理財的原因。若子女健康成長，懂得孝順我們。雖然不敢對「養兒防老」期望太多，但得他們的供應和照顧是可預期的。

我們中年人若能不斷進步成長，了解自己的強弱，同時接受自己的軟弱和限制。我想對於別人的批評，大可以不必放在心上。最重要的是知道上主接納我們。

我想從最基本入手點去面對這種種恐懼。我們若能敬畏神，就無所恐懼。

我很喜歡詩人在詩篇 34 篇所描述的：

「4 我曾尋求耶和華，他就應允我，
救我脱離了一切的恐懼。
5 凡仰望他的，便有光榮；
他們的臉必不蒙羞。
6 我這困苦人呼求，耶和華便垂聽，
救我脱離一切患難。
7 耶和華的使者在敬畏他的人四圍安營，
搭救他們。
8 你們要嘗嘗主恩的滋味，便知道他是美善；
投靠他的人有福了！
9 耶和華的聖民哪，你們當敬畏他，
因敬畏他的一無所缺。
10 少壯獅子還缺食忍餓，
但尋求耶和華的甚麼好處都不缺。」

看過一位靈修學的老師，他用了兩張圖去讓我們明白恐懼的拉力。

不健康的恐懼
Unhealthy Fear

我們的恐懼會將我們拉到東歪西倒，了解那段時間哪類的恐懼最影響我們。

真正能解決我們的恐懼方法是敬畏神。

上帝如何拯救我們脫離恐懼？
How Does God Deliver Us from Fear?

Fear of GOD
敬畏神
透過更大的恐懼！
With Greater Fear!

正如詩人所言：耶和華的使者在敬畏他的人四圍安營，搭救他們。既然我們有神四圍安營的保護，我們還有甚麼可恐懼？

詩人亦說：你們當敬畏他，因敬畏他的一無所缺。一無所缺就不怕損失。

中年人真的有很多恐懼，但最徹底的方法是從靈性入手。我們的心靈安穩在神手裡，我們就能笑於暴風。

與敬畏神的你共勉。

怎樣面對死別

走到人生下半場，我們有些急性子的親友會比我們早走一步。而我們年老的雙親，在我們這人生階段漸漸老去，也是不爭的事實。這些年來，多了朋友離開香港的消息，亦要學與離別共舞。

不過新冠肺炎取走了不少人身邊的老人家，要順利過渡親人去世之痛，哀傷的人要完成哀慟的六個任務。研究哀傷的專家Rando，用英文字母6R來描寫這些哀慟任務。

第一是認知（Recognize）死亡的事實，在情感和頭腦上確認死亡的事實，我們的親人已經一去不返。葬禮、設立墓碑等儀式，都能幫助哀傷者接受這事實。當然，這段日子有不少老人家染上新冠肺炎就，在短短時間內就離世，親人沒有探望和道別的機會，這個對認知死亡的事實有很大的挑戰。

第二是對分離的反應（React），這是情感上經歷失去親人之痛，將感受用言語表達出來，身邊有人聆聽哀慟的人訴說不完的哀愁故事。失去親人，不單是失去一個人，背後也會帶來另外的損失。例如一位十七歲的少女失去爸爸，她說：爸爸不能見到我畢業，我結婚時不知誰牽我的手走在紅地毯上。這些都是失去爸爸隨之而來的損失（Secondary Loss），哀慟的人要讓自己感受這些損失帶來的痛。

第三是重拾（Recollect）與死人生前的關係。別人哀傷時，我們很輕易就叫對方要忘記往事，其實這是錯丟的；反之，重拾、回憶，收拾一些死者的遺物、照片，都是一個很重要的歷程。有時候，用書信向其他親人覆述自己跟死者的往事，是很有治療作用的。

強調這重拾過程的真切性，哀慟者可以寫一封天國的書信給去世的親人，可以訴説一些對死者複雜、矛盾的情緒。例如，有甚麼感到遺憾的事未能跟死者完成，譬如一起去歐洲旅行；又或者一些對死者憤怒的感受，詰問為何他不辭而別，或這麼早就離去，遺下你一個人面對人生種種。這些重拾、回憶、假設性的對話，都能幫助哀慟者過渡哀傷。

死者在生時，那個世界充滿信念、盼望、夢想和日常起居的習慣。平日不少需要，都是逝者滿足自己的；如今他離去了，只剩下一片空虛，舊有的世界不復再。哀慟者要學習放手（Relinquish），與逝者兩人共創的世界説再見（Say goodbye），這就是第四個哀慟的任務。

第五是重新適應（Readjust）一個沒有逝者的新世界。昔日，任何計劃都有逝者的參予和份兒。如今，在不忘記逝者的同時，自己要開展新一頁的生活。逝者留下的空虛，就讓其他人和事物去填補。

有趣地，我們可以與逝者建立一個新的關係。例如，對於一個單身女性來說，不再讓逝世的母親影響她做事的方法或選擇；母親還在生時，做女兒的可能缺乏自己的主見，如今她慢慢學習有自己的選擇、喜惡，不受母親的陰影影響。

在這過程中，哀慟者慢慢建立自己一個新的身分（new identity），她不再是別人的女兒，她開始問：「我究竟是誰？我如何重新計劃自己的生命？」她要接受重整自己人生的挑戰。

最後的一個任務是感情的重投（Reinvest）。昔日，感情是歸逝者的；如今，他不在了，自己的感情可以如何重新投放呢？

有一些人，感情的重投可以是重返校園進修，找一些義務工作，或將精神放在兒女身上。要將感情重投並不是一件容易的事，這裡似乎也有性別的差異。在喪偶的朋友當中，見過不少男士很快就再婚。感情重投得太快，有時候給身邊的人一個不容易接受的感覺。他不是說深深愛著自己的太太嗎？為何可以這樣快就放得下哀傷，另愛他人？這似乎不是我們局外人可以完全了解的，是因他們嚐過太太的愛，如今留下了巨大的感情空洞，要儘快得到填補？又或者有兒女需要人幫忙照顧？總的來說，能將感情重投總比退縮好。

人生下半場，為甚麼總想轉換路線？

一個人事業的路途，是否循著一個特定的過程邁進？在年輕的日子，所發的事業夢達到了，是否就不會改變？又或者問，一個人一生會轉多少行業呢？

傳統對事業發展定下一個階梯式的階段，稱為Ladder Model of Life-career stages。十五至廿四歲是探索期，這階段包括在中學時的選科或入大學時選主修，或中學畢業後擇業。這階段若探索不足夠，很快就選定自己的事業發展，又或者為了滿足父母的期望，形成過早決定而日後可能後悔的情況。

在跌跌碰碰的過程後，二十五至四十四歲是建立期，選定某事業後就努力鞏固自己，謀求在行業內不斷晉升，也是事業發揮期。此時主要平衡的是家庭與工作間的拉扯與張力。

四十五歲至六十五歲退休前，是一段維持事業期。大部分事業內的挑戰都嘗試過，這些工作累積的經驗和智慧，讓人能穩定的生活。以上三個階段是這階梯式的描寫。

不過，研究事業發展的心理學家發現，以上的進程並不是常態。不少人在三十五至四十五歲期間，會有一個中年事業更新（Midlife Career Renewal）的階段。這階段的人，在某行業內已有十年左右的經驗，事業與個人價值有時會產生衝突，這會帶來事業的轉變和更新。

這期間，他要對事業作出重新評估，也希望能在工作中整合自己性格的不同面向。事實上，某一行業並未能完全盡用一個人的才幹和興趣。我也輔導過不少人，本來是醫生，卻想拍電影；本來是商界的，卻希望在舞蹈上發展；其中也有工程師，轉行開素食餐館。

另有些人覺得行業內給予他的生活框架（Life Structure）令他厭倦，想有一個新的生活方式。經過一番評估和計算，他可能有三個出路，包括真的轉行、或再重新委身於自己的事業，不過在其中找到新的意義、或更新自己事業的技巧。最後一個可能是維持現有工作，但花較多時間發展公餘的興趣，或找一些有意義的工作參予。人要走的路各異，但停下來審視和反省，卻是必要的過程。

「一生人打一份工」的年代過去了，甚至有一些人一生有幾份專業。事實上，一份工作往往並未能充分發揮個人的所有潛質。所以，中年轉行的人，很多時內心感到一份莫名的納悶，好像內心得不到滿足；也有人在這情況下，毅然轉行，尋覓事業的新方向。

後現代的職業輔導強調，每個人都有自己獨特的故事，找一個事業新方向，彷彿是改寫自己的故事，這是敘事輔導模式（Narrative Therapy Approach）的入手，應用在一個思考要轉工的人身上，顯得實在和具體。我們且看這模式如何幫助人尋找自己事業發展的故事。

首先，要知道自己的需要。我們對將來的願景如何，願景背後又反映自己一些甚麼價值觀。筆者在輔導中心工作時，遇過不少從事商業的朋友，想轉投輔導的工作，他們看重人的價值，想藉輔導陪伴別人成長。

第二，要知道自己有甚麼資源，不論是學歷背景、人物網絡，以至個人氣質、技巧等，這些資源能幫助當事人達到自己的目標。

第三，知道自己聽到甚麼聲音。要做轉工的決定，身邊的人會有不同的意見，有時候周圍的聲音太過嘈雜，我們應先聽自己裡面的聲音，也要學習減低或增強那些聲音。作為基督徒，我們更需要聆聽的是上帝微小的聲音。

第四，知道有甚麼難阻自己。不論是過去挫敗的經驗，或別人撥的冷水，或實際的經濟和生活各方面的考慮，我們要正視這些難阻；同時也看有沒有一些助力，讓我們可以跨越這些障礙，例如身邊成功轉業的朋友故事或模範等。

第五，我們要為自己的願景繪畫一條路線圖，知道要達至目標的步驟。

最後就是勇敢踏上去，將自己期盼的願景實現出來，相信有志者事竟成。只要願意踏出第一步，找一些願意支持我們故事的聽眾，在環境中找一些機會，人生的路就是這樣走出來。

你若正在考慮轉行，不妨以這些步驟檢視和實現自己的夢想。

人生開始走下坡？

這是人生的體驗吧！很多人都說，上山容易下山難。疫情下很多香港人都多了行山，我也不例外。原來香港有很多很美麗的山巒，可以給我們登上的。我的經驗是，有時候下山都可以是一個不太難的經驗，只要是下山的路不太斜，或下山的階級不是太多，每級的間距不是太高，我們可以不太費力的慢慢下山，看看山下的景色。上山的時候，我們的目標是山頂，很少回望欣賞山下的景色。人生下半場的我們，不用忙這忙那，好好享受藍天白雲、山間的微風，那不是很寫意嗎？

當然，人生開始走下坡，也是在說我們的身體開始衰老，甚至鬥志也比壯年期渙散了。作為一個「登六」的人，適應走下坡實在需要一些調適。

記得四十出頭的日子，最先走下坡的是視力。我是一個書蟲，閱讀佔我生活很大部分的時間，那時看密密麻麻的書要多一點光，之後驗眼，原來眼睛「老花」了。調適的方法是配一對漸進鏡，調光讀書的環境，我們老人家讀聖經都有大字版。那時買書都是買一些字體較大的版本，在電腦上閱讀更方便，校大一點字的點數就行了。

對於也喜歡運動的我，感受到自己的體力下降，身手不及當年，加上有一段時間要趕寫博士論文，勞損了頸項，得了骨刺。也試過打球時不小心弄傷了腰，調適的方法是減少劇烈或有撞擊的球類活動，減少受傷的機會。頸項的問題也迫使我開始了每星期游水的習慣，每星期游兩三天的早泳，當是給自己物理治療吧。這十年來，頸的骨刺問題也有再復發，運動仍然要多做，只是多了行山和游水。

當然，我也是一個容易投入工作或寫作，不知時間過的人。就算趕工作時加班、或做至深夜也不覺疲倦。五十歲以後，若真的要「開夜」至凌晨，發覺自己要多兩三天才能回復狀態。後來，對自己身體和工作的狀態多了解，知道原來自己在一天之中，早上是我最佳的工作時段，生產效率最高的。於是我就調適一天的工作時間，將需要效率和專注較高的任務放在早上，約談學生或輔導工作則放在下午或傍晚，這樣我仍然可以保持不太低的生產力。當然，以寫作為例，我可以一年有三、四本書出版的日子不復再了。要轉換的，是重質多於重量，選一些感興趣、有親身的課題作題材，如今一年有一至兩本的出版，也是很好的呢！

好像行山那樣，上山用的力，跟下山用的力不同。以上是自己面對人生走下坡的調適方法。我發覺接受這些身體、能力的下降，選一些自己仍能應付的事去做，只要像下山時步伐不快和急、下坡的路不太斜，仍然可以享受山上的景色。我們生命的展示，也可以萬紫千紅的呢！

人生下半場的我們，
不用忙這忙那，
好好享受藍天白雲、
山間的微風，那不是很寫意嗎？

Chapter One

開展下半場前的反思

人生下半場劃分新趨勢

人生階段的劃分是一件很有趣的現象，例如，過往會以人到四十歲稱為中年，而中年危機也泛指這個人生階段的中年人，例如較容易發生婚外情。

有一本外國的暢銷書，是由Bob P. Buford寫的《Halftime: Moving from Success to Significance》，指出人生走到一半，就由追求成功轉為尋求人生的意義。因為他書中以足球比賽的上半場下半場作比喻，所以，人生上半場與下半場的劃分就凸顯出來了。

現代人的壽命比以前長，一般人都以八十歲來比喻一生，所以，上半場是指四十歲前，下半場是指四十歲後。不過，我們這一代人，因為受教育的時間較長，出來工作相對遲，而連帶結婚也是三十歲打後的事，不少四十歲的人的子女可能還很年輕，而現今亦有延後退休的趨勢。所以，四十歲後以下半場來形容也有點不對稱的感覺，因為四十歲的人仍然十分忙於建立事業和家庭，感覺反而像是剛開始上半場。

所以，近年關於人生下半場的説法被一個新的階段「金齡」所取代。似乎人生重大轉變的挑戰都在這個階段出現，也是我們要籌劃和面對挑戰的階段。筆者在中神的通訊中也對這階段有一些文字上的描述。

何謂「金齡族」？他們有何特質或需要呢？

「金齡族」泛指50歲至65歲人士，他們可說是踏入了人生的金色年華，人生歷練豐富。他們當中不少人擁有高知識技能，興趣廣泛，身體尚算健康，這讓他們有時間、空間，亦有條件規劃退休生活。若然他們達到「財務自由」，更可望於退休後繼續一展所長。

年屆「金齡」，可視為步進人生的過渡期。這階段的人，陸續從忙碌的工作生涯退下來後，他們需要向上一階段說再見。經過一段混亂期，最理想是能夠騰出一些空間，處理人生的遺憾、觸摸感情、重新定位，尋找自己熱誠所在。

經過長年勞累的工作生涯，「金齡族」大多注意身體的健康，並希望發展過往缺乏時間培養的興趣。因此，不少金齡人士的個人發展計劃都以做運動、增廣見聞和培養興趣為主，亦有不少「金齡族」計劃做義工、參加短宣，或與人分享經驗。這在在反映他們除為自己計劃外，亦見關心他人的心。

我們可以透過關心金齡信徒之身、心、社、靈的需要，協助他們適應退休生活，凝聚及發揮「金齡信徒」的恩賜、專業知識及技能，參與教會與社區的服侍，分享信仰，活出豐盛生命。事實上，不少「金齡信徒」信仰經驗豐富，要是不想參與恆常和帶崗位的事奉，可考慮將自己在職業及信仰上的資產，傳承下一代，發揮生命影響力，成為教會推動「跨代同行」（Intergenerational Mentoring）的主力。

固然，相對於資源較豐富的「金齡信徒」，這族群裡也有對進入「金齡」在自我認同上感到抗拒的人。有些仍要為口奔馳，生活捉襟見肘，遑論有餘閒發展個人興趣；有些則仍為照顧年邁雙親、兒女能否「向上流動」而擔心，沒有額外資源參加消費太高的活動。教會牧養「金齡族」時，當惦記這些在水深火熱中生活的朋友，別把他們遺忘或排拒於活動之外，因這可以是造就不同境遇背景的族民之間，互相服侍，彼此融和，分享生命之恩的好機會。

上半場的遺憾

Frank Sinatra所唱的〈My Way〉（我的路）大家耳熟能詳，其中有幾句十分觸動我們在人生下半場的人，中英對照比較傳神：

Regrets, I've had a few;
遺憾，也有一些吧，
But then again, too few to mention.
算不上多，不值一提。
I did what I had to do
我做了該做的一切，
And saw it through without exemption.
我都沒有免於不去貫徹的。

這首歌唱起來十分豪氣，但撫心自問，我們上半場的遺憾，真的算不上多嗎？是不值一提，還是不想去提。

遺憾通常是跟做決定有關，我們年輕時，或許不夠成熟，作決定時三心兩意，或猶疑不決是相當正常的事。而當作出決定，也意味著一段人生路的展開，你究竟能否如願的走出一條康莊大道，還是崎嶇滿途，抑或苦盡甘來，來一個柳暗花明又一村，是沒有人能預測到的。所以，在人生下半場時回望上半場所作的決定，若我們所在的處境不理想，會覺得自己錯失了一些機會，沒有好好把握，這似乎是每個有一定經歷的人，也有他自己有所遺憾的故事要訴說。

能夠為自己多年前所作的決定不後悔，且看來是上好的決定的話，是人生其中一件最幸福的事。最近有一位前機構同事約我食飯，說要感謝我當年對她說了一些安慰和鼓勵的話，她毅然放下全職工作。當時初為人母的她，作了成為全職媽媽的人生決定，如今她已經是兩位少年子女的媽媽；全職媽媽的她不單享受陪伴子女成長的喜悅，也有不少空間去學習、成長和當教會的義工，生活頗滿足的。她很想多謝我當時對她的鼓勵，我也為她無憾的決定而感恩呢！能聽她的故事比一餐美味的午餐來得更豐滿。

若要數人生下半場的人對人生上半場的遺憾，離不了愛情、家庭、工作和夢想這些種種。

不少人第一段愛情是最單純和刻骨銘心的，但年少輕狂，未必懂得好好去經營，不少都是以分手結束的，正如陳奕迅所唱的〈我們〉，就是寫這種遺憾：

該說的 別說了　你懂得 就夠了

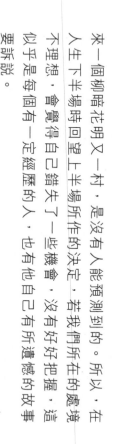

真的有 某一種悲哀
連淚也不能流　只能 目送

我最大的遺憾　是你的遺憾 與我有關
沒有句點 已經很完美了
何必誤會 故事　沒説完

還能做甚麼呢　我連傷感 都是 奢侈的
我一想念 你就那麼近
但終究 你都不能　陪我到 回不去的 遠方

這種哀愁，是我們其中一種遺憾。

第二種遺憾是與家人有關的，我們成年後大多忙於建立事業，少不免花少了時間在家人身上，我們總是想，當我打好事業基礎，有財富之後，就可好好報答親恩，或者花更多時間給自己年少的子女；怎料忙碌的日子時間過得特別快，轉眼就十年、二十年。趙照的一首〈當你老了〉，觸動了不少未及好好報答父母的中年子女。

當你老了 頭髮白了 睡意昏沉
當你老了 走不動了

爐火旁打盹 回憶青春
多少人曾愛你 青春歡暢的時辰
愛慕你的美麗 假意或真心
只有一個人 還愛你虔誠的靈魂
愛你蒼老的臉上 的皺紋

若父母因病已逝，我們那種未及報恩的情感就會湧進我們的眼淚中。

至於子女，我們親子的黃金檔期是他們小學的階段，即是未踏入少年期前，大概十二、三歲之前，因為當他們踏進少年期，朋友才是他們最親的人。而在我們事業最忙的時候，正是他們最需要我們和最可親的階段，不過，人生很多的步伐都有時差，當我們有空閒時，他們卻往外撲去，這也是不少中年父母的遺憾。

至於工作與夢想往往是對立的，若一個人找到一份工作，有不錯的經濟回報，而又是他心中的夢想事業，這是何等美好的事。但有不少人生下半場的人，為了經濟放下自己的夢想，到頭來，有經濟條件的時候，可能只能將年輕時的夢想當作工餘的興趣，因為未必有足夠的時間和精力去追求那夢想。說得上是夢想大多要時間和熱情去經營的，遺憾是有經濟條件卻沒有了時間和精力。

在我們工作的生涯中，或會經歷行業的興衰、仕途的順逆、被人賞識與否，或因一時之氣離開覺得自己有能力去打天下，到頭來可能撲個空。於是會怪責自己當時為甚麼不忍一時之氣，否則今日的光景可能會好很多。也有一些為求得到快錢的人，投機去炒股，弄致破產，人生要推倒重來。

面對這種種不同的遺憾，有一些是無法再去補償的了，例如子欲養而親不在；面對事業興衰的人，可能要放下曾經風光的日子，踏實的去生活，在平實的生活中找到另外的小確幸。至於夢想的追尋，若不是一定要幹一番大事，滿足於微小的貢獻，都是給這世界留下一些美好。

或者想想，選了這條路，活出這段人生可能已經最適合自己的了，那些人生的逆境、得失，只是告訴你在跌跌碰碰中在體驗人生，在你看來成功、風光的人，也有他們自己的遺憾和難處，上天是公平的，我們好好活自己的人生下半場就是了，化遺憾為一種智慧的磨煉，好好為面前的人和事，作精明的抉擇吧！減少日後對今天的遺憾，已是對生命交一份不錯的功課。

善待自己的意義

一生人之中，我們跟誰相處得最久、與誰最親近？不就是自己嗎？活了這麼多個年頭，我們若然還未懂得善待自己是說不通的，也對自己不公平。

不懂得善待自己通常來自一個惡性循環。許多人都對自己感到負面或消極，當你感覺到自己不夠好時，你很難感到放鬆；對自己的負面想法，也常常令你惡劣對待自己。自我忽視（Self-neglect）更微妙，亦同樣會造成破壞。有趣的是，我們對生活中遇到的每個人可能都非常體貼，對自己卻例外地差。久而久之，你會開始認為自己並不值得關心。惡劣對待和忽視自己，會強化我們認為自己不是一個有價值的人的想法，這就形成另一個惡性循環。

當然，到了這把年紀，或者我們可以假設自己應該懂得跟自己相處，甚至曉得善待自己吧！我們也不妨重溫一些善待自己的基本功。

在網上看到一篇名為〈學會善待自己，人生才有意義〉的文章。作者歐陽逸人應該是有不少人生閱歷的人，他提出了幾個善待自己的意義和方向。我覺得處於人生下半場的人，他的建議很值得參考，也應該會有不少共鳴。以下撮要他的四個重點，引文後我也加上一些迴響作為和應。

「究竟怎樣才能算善待自己，有人認為，善待自己就是吃好的、喝好的、穿好的、住好的、玩好的。當然，這些物質層面的是不可缺少的。如果能讓自己精神愉快，而且擁有好的心情和健康心態，才是真正意義上的善待自己。」

若要具體演繹在生活層面上對自己好（或所謂善待自己），可以下列行動來實踐：

- 吃任何你想要的食物；不論是鹹或甜，讓自己適度而無罪惡感地去享受它。
- 選擇衣服來表達自己的風格，可以優雅，可以舒適。
- 使你的家成為一個舒適的住所，是一個滋潤和幸福的地方。
- 把你的床鋪營造成神聖的空間；在這裡，你可以充電，入睡並度過親密的時刻。

「善待自己，就要活得輕鬆，活得灑脱，就要記住該記住的，忘記該忘記的，改變能改變的，接受應該承受的。」

我想起一句名句：求神給我們智慧，去改變能夠改變的，接納那不能改變的，並有智慧分辨兩者的分別。所以善待自己也包括不再為遺憾折磨自己，過灑脱、無包袱的生活。

「我們要好好的活在自己心裡，而不是活在別人的眼裡。很多時候，我們不快樂，是因為我們太在乎別人的眼光，太在乎自己的身分和面子。」

我們知道比較是人生不快樂源頭之一，放下別人的眼光，是我們善待自己的不二法門。豐足時吃好的，不足時隨便吃，不看別人，鹹魚白菜都可以好好味便是了。只怕自己介意的不單止是別人的眼光，而是自己內心的法官作祟。

「善待自己，不要讓自己活的太累，要懂得放鬆自己。生活畢竟不是演戲，無須用太多的脂粉去塗抹自己，虛偽不是真實，無須戴上『面具』去『逢場作戲』。」

活出真我，是人生下半場最珍惜的一項。昔日人在江湖身不由己，到了這把年紀就不要勉強自己了。

雖然文首我提過自己跟自己是相處得最久最親近的人，但餘下的日子長短難料，若過往還未學好這功課，就從今天開始去實踐吧。

以下是心理學家提供簡單可行的策略，供你參考：

- 花一些時間周詳地計劃你的一天。我們可以以更友好的方式安排我們的日子，以保護我們的基本健康。考慮進行一項愉快的活動，就算是很簡短的活動也可以。
- 為自己準備一頓美食，就像是為自己關心的人而做的。想像一下，當「那個人」坐下吃東西時，你希望他／她感覺如何；而那個人就是你自己。換句話說，假裝你是值得做一頓美食的人。
- 仔細考慮自己的需求以及如何滿足自己的需求。再一次，對自己表示同情，就像你對他人一樣。
- 與能發掘你最好一面的人相處。人際關係可以對我們的幸福感產生巨大影響。找尋幫助你成長的人，並儘量減少與使你失望的人的聯繫。

善待自己與善待別人

作為一個研究心理學的人，我十分有興趣將兩組情況結合來思考，期望從中得到一些智慧；而善待自己與善待別人就是這樣有趣的組合。兩者的關連如何呢？有先後次序的嗎？會此消彼長，還是比翼齊飛的呢？

先看看不同的組合：

- 只顧善待自己，不願善待別人。
- 只顧善待別人，不會善待自己。
- 既不善待自己，也不懂善待別人。
- 既善待自己，也善待別人。
- 善待別人就是善待自己
- 不懂善待自己的人，也不懂善待別人。
- 別人曾經善待過自己，自己慢慢學習去善待別人。
- 別人曾經善待過自己，相信自己也有值得善待自己的理由。

簡單對上述不同組合來個分析，未必全面的，只希望能拋磚引玉，引發思考。

只顧善待自己，不願善待別人

這大概是一個自私的人，因為不願善待別人，別人也自然會疏遠他，最終這不是善待自己的方法。

只顧善待別人，不會善待自己

這種人可能有自卑的傾向，想善待別人而得到別人的肯定。但這種不對稱的態度，會令被善待的人有一種不舒服的感覺，會覺得自己的要求有點過分，形成一種壓力，此人的人際關係也未必能長久。

既不善待自己，也不懂善待別人

很有可能在他的成長過程中，很少得到別人的關愛，或者對別人懷有戒心和敵意，是一個不快樂又少朋友的人。他正等待著一個無條件去關懷他的人，轉化他對別人和自己的看法。

既善待自己，也善待別人

這是最健康的組合，因為善待自己的人會散發一種陽光和親切的感覺，別人容易親近他，良性的互動自然不少。例如，善待自己的人會接受讚美，無論是否相信對方所説的，都會説「謝謝」回應對方。因為這種人相信給予讚美的人看到了他一些值得注意的東西；同樣地，當他看到其他人值得注意的事情時，自然地對對方表示讚賞。

善待別人就是善待自己

這是一種因果和良性互動的關係。對他人友善和溫柔；他們會反過來為你做同樣的事情。

人與人之間是相互的，你想別人怎麼對你，你就怎麼對別人；同樣，你不想別人怎麼對你，你也就不要怎麼去對別人。己所不欲，勿施於人，以待己之心待人。如果我們每一個人都可以這麼想這麼做，人與人之間的相處就簡單容易得多。

不懂善待自己的人，也不懂善待別人

懂得善待自己的人其實是一個懷有憐憫和同理心的人，他可以這樣對自己，也能懷著同樣憐憫的心對身邊的人。有人對善待自己的心理有很精彩的描述，他說：若能懂得對自己好，生命就永遠沒有失敗。善待自己，就是要學會寬恕，不在過去的錯誤中糾纏；就是要學會退一步，不在不能得的欲望中掙扎。你能寬恕多少、能退多少，實際上，就是善待了自己多少。善待自己，其實，就是與自己和解。一個人若能不跟自己較勁，處處放自己一馬，就是置心靈於曠野，給心靈自由的空間。反之，不善待自己的人，也缺乏一種對別人的體諒。

別人曾經善待過自己，自己慢慢學習去善待別人

我想這是很多人生命被轉化的經歷。原來自己不懂去關愛身邊的人，卻有人無條件地先伸出溫柔的手，我們冰冷的心就被感動了，抱著回饋的心，善待那個曾經善待自己的人。甚至那個人已不在身邊，也會將這關愛的鏈傳開去。像《Les Miserable》的男主角被神父接待過，他就愛那個孤兒。愛就是這樣傳開去。

別人曾經善待過自己，相信自己也有值得善待自己的理由

《Sound of Music》女主角曾經唱過一首令我十分深刻的歌：

Perhaps I had a wicked childhood 我的童年也許坎坷不順
Perhaps I had a miserable youth 我的少年期也許悲慘黯淡
But somewhere in my wicked miserable past 但在這些傷感的過往歲月裡
There must have been a moment of truth 總有時候，真誠存在其中
For here you are standing there loving me 而你於此，站在這兒，愛著我
Whether or not you should 不管你是否該如此
So somewhere in my youth or childhood 但在往日的悲歡歲月裡
I must have done something good 我一定做了甚麼好事

女主角被愛的經歷令她反思和肯定自己，是一幅浪漫美麗的圖畫。被人善待，學曉善待自己，也有胸襟去善待他人；這豈不是生命的循環。有句話説得好，善待他人，可以讓人生走得更遠；善待自己，可以讓生命活得滋潤。無論是善待誰，其實都是溫暖在流轉，都是愛在延伸，最終，施及別人，惠澤自身。在人生下半場的你，會否投放更多的時間去善待別人，成為別人的祝福。

責任變成對自己的情緒勒索

編輯交了一個有趣的題目給我，「責任如何變成對自己的情緒勒索」。Susan Forward 是《情緒勒索》（Emotional Blackmail）的作者，她向我們提出一個問題：有沒有誰一直壓榨你，你卻因為害怕而不敢吭聲？她所指的是有時我們會為了維繫與重要的人的關係，為了不想自己被貶低、為了降低焦慮，會被迫去做一些自己不想做的事情。所以，「情緒勒索」是人際的問題，問的是誰勒索誰的問題。有趣的是作為一個活了這麼多年的成年人，就算沒有其他人的壓榨，自己的責任感都可以壓得自己動彈不得。

情緒勒索其實有一個過程，勒索者與被勒索者一來一往的過招，張力慢慢提升，到被勒索者屈服，勒索者得逞。六個步驟如下：

- 勒索者提出「要求」（Demand）
- 被勒索者想要「抵抗」（Resistance）
- 勒索者讓被勒索者感到「壓力」（Pressure）
- 如果被勒索者沒有接受，或者是反駁，勒索者持續「威脅」（Threat），例如內心的控訴等等讓被勒索者不得不就範。

- 被勒索者「屈服」（Compliance），於是看起來雙方的焦慮好像解決了，但其實是被勒索者「犧牲了自己」。
- 勒索者於是下一次又「舊事重演」（Repetition）

我覺得有趣的地方，是這一來一往的過程，是在同一個人的內心發生的，我們內裡的責任感，成為一個法官（Judge），她對我們批判性的控訴（Judgment），不外乎挑動我們的罪疚感，説我們做得不夠好，人身攻擊我們是一個不負責任感的人。這些內心的自我對話（Self-talk），因為成年人要負責任的慣性動作，很容易讓我們不問自己內心真正的需要，就照著劇本去完成這一堆堆的責任。最後令自己麻木和失去活力。

這也是所謂中年危機潛在因素。你會發覺一個好好先生或教會執事，性格突然變得自我，甚至放棄妻兒去尋歡作樂，是一種對責任要求的強力對抗，我看是一個不健康的鐘擺，由過分負責任的屈服，擺向不負責的放任。所以，我們要學習放下不需要放在自己肩頭上的責任，例如中年人經常要負起照顧年老父母的責任，他/她若是家中的大哥大家姐，會容易獨立承擔太多，不懂得向其他弟兄姊妹求助，一起分擔。

我認為面對責任變成對自己的情緒勒索最佳的出路，是要學習好好善待自己，我們的生命得到滋潤，我們才可以有選擇地去負起我們責任的那份，而不會感到枯乾，而為求解脱擺向不負責任的極端。

面對內心那位法官，我們要退後一步看看自己的實況，若無數的責任感像一條條繩子將我們撕裂得失去完整的自我，基督徒可想像我們慈悲的天父如何看我們的境況，祂想我們安息在祂懷裡，還是繼續鞭策我們。讓那位愛我們和憐憫我們，又有權威的天父跟自己內在的法官對話好了。因為我們知道自己是救不了自己的，讓那位能力比我們更大的為我們出頭好了。

全方位善待自己

身體	• 有規律地吃喝，食得好、食得健康。 • 定時運動 • 睡得安穩 • 休假，設定屬於自己的一天。 • 找正規的醫療保健
情感	• 提高自我意識和辨認出自己的情緒 • 為你的情緒找健康的出口，例如寫心靈札記。 • 傾聽自己的想法 • 放下內在自我批判的聲音
工作	• 在一天工作中找休息的機會 • 吃午飯時離開工作桌 • 與顧客設置限制 • 與同事設置限制 • 從解決小問題過程中獲得快樂 • 要實事求是、靈活 • 要知道自己的限制

靈性	• 尋找事物中的意義 • 祈禱 • 默想 • 聽一些啟發心靈的演講
社交	• 增加與家人一起的時間，弄一餐美味的飯菜或甜品給家人。 • 不與別人比較令自己不快 • 與好朋友保持聯繫 • 參加社區活動 • 尋找積極、正面的人作伴 • 學會向人求助
心理	• 尋求與工作、朋友、家人、消閒和休息時間等的生活平衡 • 找時間獨處自我反省、閱讀新知識 • 參與放鬆的活動 • 培養新的興趣 • 採取積極的人生態度

Chapter Two

享受下半場的態度

年輕與老年兩極中的出路

中年人內心有很多拉力和矛盾，若要成功過渡中年，心理學家 Levison 點出中年男士需要整合內心的拉力，其中一樣是要尋找年輕與老年兩極中的出路。我想這挑戰不單屬於男士，女士們都坐在同一條船。

年輕和年老是中年人最敏感的問題，身體的變化是中年人不能否認的事實，男性面對自己體力不及以前、性慾下降、禿頭等現象；女性則開始經歷更年期的身心變化，眼看自己的美麗容貌漸去，加上雙親年紀老邁，甚或已逝，同年紀的友人，也因病去世。「死亡」、「老」的意識突然來訪。事業上，後輩的工作和競爭力，可能已超越自己，那種時不與我，被淘汰的感受，也迫使中年人感到自己開始老。

有些中年人，不自覺地為要證明自己還青春，仍有吸引力，便與年輕的人發展婚外情。在事業上，也有中年人對自己的成就感到不滿足，認為只有自己可以引導後輩，甚至視年輕的一輩為敵人。

中年人必須在年輕與年老這兩極中找到一條出路，否則危機便會發生，中年要接納自己身體的變化和限制，生理上，身體可能真是老了，但在人生處世方面，可以是更成熟和更有智慧。與此同時，心境是年輕的，充滿年輕的幻想能力和勇氣。

另一個出路是看清楚壽命長短的現實。

現代人越來越長壽，「若是強壯可到八十」，似乎不是太難達到吧！但人總會有人生的大限，中國人傳統有追求長生不老的想法，但生命沒有終結，是好是壞，則見仁見智。

曾經聽過這樣的故事，一位皇帝，看到自己擁有的國土和成就，想起終有一天會因為自己老死而不復擁有，他為這預計會發生的損失而大表憂傷。他身邊的臣子，或是投其所好，或是身同感受，都同聲附和皇帝的哀嘆，唯獨有一位臣子，不以為然地站在旁邊暗笑，令其他臣子甚表不滿。皇帝起初並不察覺，當他繼續借酒消愁，哀悼自己大限時，這臣子的暗笑被皇帝發現，便向他問箇究竟。其他臣子，心中暢快，要看皇帝怎樣懲罰這不敬的臣子，但這臣子卻幽默的回答：「我就不要長生不老了。試想，所有人都沒有人生的大限，先賢先聖就不用退位，那麼，皇帝也可能只可以當一位普通的文士。」用現代人的說法，你只能是一名文員，休想當總裁。

皇帝聽後恍然大悟，於是邀請這位臣子，每當他見到自己再為這些事哀愁時，便再向自己作出提醒：「難道你想做一名普通的文士？」

對一個中年人來說，生命的巨輪是殘酷的，他們始終會感悟自己人生的有限，不再問如何運用時間爭取更多成就，反而問自己餘下的時間，如何做一些不枉此生的事。

中年人對「死亡」的意識比以前強得多，看自己同輩的朋友去世，看自己的上司退休，見自己的兒女長大，出社會工作；這一切都一次又一次的提醒自己，長江後浪推前浪，自己的一生也會在浩瀚的人類歷史中灰飛煙滅，究竟能給多少人留下美好的回憶呢？自己很渺小，自己像微塵的感受十分濃厚。

無怪乎摩西在詩篇九十篇的結尾都一再呼喊：「願祢堅立我們手所作的工，我們手所作的工願祢堅立。」

作為中年信徒，知道微小的自己所作微小的工作貢獻，都會被神堅立，這份感恩之情，給自己多一份力量，繼續善用餘生，去服事、去貢獻。

如何不成為死板的老頭？

「我已經年紀不輕，還試甚麼新東西？」

「我已經試過所有方法，沒有新的方案了。」

「無論你説甚麼，我食鹽多過你食米，我是不會錯的。」

「我覺得我的做法很好、很舒服。不用改的了。」

「我要小心跟著我的生活規律去過日子。」

「死板」心理學的用語是指一個人僵化（rigidity），即抗拒改變自己的想法和生活習慣，思想保守和缺乏彈性，拒絕一些新的思維和做事的方法，也害怕一些含糊的狀態，希望事情儘快有一個結束。

當我們年紀大了，人生閱歷多了，我們會有不少固執的想法，逃避接觸一些新的事物；特別遇上年青人，要跟他們一起生活，一定會帶來不少生活上的張力，因為年青人喜歡接觸新的事物，愛挑戰一些傳統辦事的方法，我們若將自己的「一套」強加在他們身上，又沒有討論的餘地的話，很難避免在年青人心中變成一個「死板的老頭」。

事實上，這種比較僵化的性格取態，第一個受害者，不是跟我們生活的人，而是我們自己。研究指出，有性格僵化的人，對新的經驗不夠開放，他們缺乏創意去面對生活的變化，也較難享受到生活的樂趣，難以全情投入去學習生活的新事物，生活也缺少了驚喜。

再者，原來僵化的性格取態，會令我們更容易跌進負面的老年標籤之中，例如：「當我越來越老的時候，事情會變得更差」、「你越老，就越無用」。所以，要學習跳出自己固有的框框，如定期更換家中傢俬的擺設、試一些新的菜譜、參加一些未試過的活動，以擴闊自己的生活經驗。

思想上，可採納「條條大路通羅馬」的想法。或許年青人採取的方法，會走多一些我們認為是冤枉的路，但這又何妨？他們要學習從錯誤中成長。我們不也是這樣成長的嗎？又或者，有時候走走他們提出的路，可能會有新發現，路上或會有我們未見過的景色。放下自己那套，多學一套方法，也是好的。

改變「死板」的想法，最好的方法是聽聽年青人怎樣看我們。網上有不少討論，都是針對年青子女接受不了父母的「死板」的問題，我們可以從中反省自己的問題。

有一位網友這樣問：「父親偏激固執怎麼辦？思想過於傳統、死板、守舊、大男人主義，沒文化偏偏又自大。」

這是其中一個答覆：「所有傳統男人的缺點都集於你爸爸一身，最根基的原因是他沒有文化，不能接受新鮮事物，所以性格就過於死板。根本沒有特效藥來醫治爸爸。

你是年輕人，受到了很高的文化教育，又接觸到了高深莫測的大千世界，眼界寬闊，思維敏捷，所以要更多的理解爸爸，要學會感恩，就是這樣的爸爸，用心把我撫養大，使我懂得了更多的做人的道理。要感謝爸爸，這樣和爸爸就好相處了，多做些溝通，隨著你年齡的增長，爸爸的脾氣和性情都會慢慢改變的。」[1]

原來在不少年青人心目中我們是改不了的呢！我們就不要給他們標籤、定型。多聆聽年青人的心聲，自己多作反省，有錯要認，要改。都這把年紀了，有甚麼是輸不起的呢！

[1] http://zhidao.baidu.com/question/373699323.html

精彩下半場

人生好像一場足球比賽，上半場的比賽成績可以是令人滿意，或者強差人意，這也不打緊，我們可以在中場休息的時候，作深切的檢討和反省，在下半場開場之前，重新部署，來一個精彩下半場。

管理學大師 Peter Drucker 說得好，我們有兩段的人生，上半段我們是過份預備的，這包括我們為自己的學業、事業所付出的努力和準備；我們對下半段的人生，卻是預備不足（under prepared）的。不是嗎？對很多人來說，在三十至四十多歲之間，我們是非常忙碌的，忙於事業和家庭的建立，衝啊衝啊，日子年數就不自覺的增加，到了四十多歲就驚覺自己進入人生的下半場。驀然回首，我們會問自己，我在上半場所作何事，我滿意自己的成績嗎？我的下半場要如何打下去。

很多年前有一本專為人如何打好下半場的書，名為 *Half Time*，作者在書中也是用球賽來形容上下半段的人生：「人生好像一場球賽，在上半場，球員努力衝刺，有得有失；中場時，小休檢討，預備再戰；到下半場時，球才能打得更好，更精彩。我們的年青和壯年好比上半場，努力表現才華，追求成就、目標與表現；下半場則追求內涵與貢獻，使生命更加豐富和有意義。」

我非常贊成他的說法：從「成功到找到意義」（from

success to significance）是我們中年人要問自己的問題。不過我們在上半場太忙了，根本沒有中場休息的機會，生活就像一部自動行走、不會停的汽車，一直向著某個方向進發，從沒有想過，我們應該從高速公路將車駛到一處可以休息的地方，想想自己真的要行得那麼快嗎？我若果有選擇的話，我仍然會走這條路線嗎？

我作為一個入了「五」，仍未登「六」的人，對下半場有一些體會，正經歷著這階段的心路歷程和喜怒哀樂，不同的中年人在這階段的人生中是可以有很不一樣的情景的，這本書的對象就是正經歷下半場或將要進入下半場的讀者，這些文章，可以是我們中場的休息室，暢談上半場的成敗得失，也可以對下半場的勁敵，作一些部署和準備，努力的打好下半場，活得精彩，不枉此生。

滿了汁漿的日子

早前參加一個男士人生下半場的聚會，聚會當領詩的弟兄分享詩歌之餘，也跟我們分享了詩篇第九十二篇14節的一節經文：「他們年老的時候仍要結果子，要滿了汁漿而常發青。」我覺得這句金句很有意思，誰説年老不能結果子？誰説年老就沒有汁漿？我們也有一種常見的植物名叫「萬年青」呢！

從生理的角度，動物的生殖期是有年齡限制的，但對植物來説，卻沒有這個限制。詩人用植物形容人，是一個跨越界別的比喻，若不放在生理層面去評論，也是頗合理的。這也是人生下半場精彩的原因所在。

人生階段發展的心理學家 Erikson 在 *Childhood and Society* 一書中，也將人生後期以 stagnant vs generativity 作比較。Stagnant 即停滯，意思是指河水沒有流動而停頓，生命之流來到這個階段是可以落入這種停滯不前的狀態。但若活得精彩，他仍然是可以有創造力，一方面是培育下一代，另一方面是有原創的能力。

人生走了一半，若日子不是白過，我們也可從人生的閱歷中吸取人生的教訓和智慧，來到這年紀，我們內裡真的是滿有「汁漿」的，有很多寶貴的人生體驗可以傳遞給年青人。例如在當天的人生下半場的聚會中，我也提出中年人是時候當別人的導師（mentor）。只可惜現代年青的小伙子，對權威和長輩有著一種反叛和抗拒的心態；要能夠建立這種生命傳承的關係，真的是一條雙軌道，中年人樂意的同時，也要年青人願意受指導。

我想這節金句也給我們一些提示，我們除了有很多老生常談的見地之外，還有沒有一顆年青的心，給別人有一種對生活好奇和有興趣的感覺，這種「發青」的朝氣，才能吸引到年青人跟我們對話，我們也要抱一種先聆聽、多聆聽的心，否則年青人未說完他們的掙扎，我們就在說大道理，這只會趕走他們。

我在人生下半場走進神學院的教室，也是由於有著這方面的負擔。自己在輔導工作累積了這麼多年的經驗，將這些知識、技巧和做人工作的藝術傳承下去是我下半場的新任命。我們不時慨嘆有一些好的東西會失傳，大概是我們在年紀大了之後，沒有將內裡的汁漿跟下一代分享吧！人生下半場是結果子的時候，你可有些甚麼汁漿給年青人分享呢？

善用自己的強項

剛從一個正向心理學的工作坊回來，經過了三個小時的分享，雖然有點疲倦，但內心卻十分興奮。原因是這門學問是自己過去幾年新的興趣，我不少的學問都是自學回來的，將自己整理消化的心得，與一些有同樣興趣的朋友分享，過程是相當滿足的。

正向心理學（Positive Psychology）是近十年心理學的一門新學問，是由美國心理學家 Martin E. Seligman 於 1998 年出任美國心理學會主席時倡議的。Seligman 聯同其他心理學家，有系統地勾畫正面心理學的範疇。他們從負面的病態研究，轉向研究人如何活得更快樂、精彩和豐盛。

正向心理學其中一方面的貢獻是研究人的個人強項，這有別於傳統心理學對精神病學的研究和分類。他們專注研究的強項量表分六大類，然後細分 24 項強項。

這六項分類包括：

- 心靈的超越（Transcendence）
- 修養（Temperance）
- 正義（Justice）
- 人道與愛（Humanity）
- 勇氣（Courage）
- 智慧與知識（Wisdom & Knowledge）

雖然每個人都有強項，但我們常常只專注於自己的弱點，專注於強項是一個相對較新的概念，你可能甚至沒有聽過，傳統來說，我們只會試圖找出並解決自己的弱點和問題。雖然找出自己的弱點和問題是令人欽佩的嘗試，但實際上我們能改進的地方不會太多，如果你花太多時間致力於改善你的弱點，可能多是徒勞的。研究說明，使用你的個人強項，可以增進你的健康、幸福和成功感。正向心理學的研究發現，集中你的精力發揮強項比改善弱點更有成效。這不是說你不應該設法改善你的弱點，只是大部分的精力應該用在改進你的強項上。

有一個網站[1]是幫助你找到自己的強項所在，知道了之後就可以「使用個人優勢」（Using Signature Strength），這樣就可以找到快樂和工作能忘我的秘訣。

我自己首五項是：

1. 審慎（Prudence）
2. 自我調節（Self- Regulation）
3. 熱愛學習（Love of Learning）
4. 觀點見解、智慧（Perspective, wisdom）
5. 信仰、靈性（Spirituality）

我回顧自己人生下半場最暢快的三個角色是輔導員、作家和老師，而我的工作都是與信仰緊扣著的。教書和寫作都是需要我熱愛學習和運用人生累積的智慧，能夠專心寫作，也需要到我能自我調節和審慎的強項。這樣對照一下，我想今天的我能用到自己的強項於工作上，給我一種幸福感。讀者不妨先評估自己的強項，然後在人生下半場多運用自己的強項，這也是一個智慧的抉擇運用自己時間和才幹。

[1] http://www.viacharacter.org/Survey/Account/Register

活到老、學到老

人到中年，若不是經常轉行或轉工，在工作世界只集中在適應市場或工作場景的轉變，我們算是可以稍稍輕鬆下來，以累積多年的經驗來對應這些挑戰。不少人在這階段都能騰出一些時間和心靈的空間來學習一些自己的興趣或新的事物。

基督徒經常談生命的更新，我想從生活層面入手：「更新」是需要讓新的事物闖進你熟悉的世界，帶來新的元素、學習和衝擊。

最近有機會接觸蘋果電腦的系統，其實一直都想學習使用，但因沒有時間和慣用了微軟的視窗二十多年，換一個操作系統真是一個很大的挑戰。我一向喜歡電腦科技的知識，有一些工餘的空間，就認真學用這系統。當然，我被蘋果電腦系統的簡約和對美感的追求所吸引，以前覺得它太昂貴，不是一般人能用得上，但近年蘋果的價格比較親民，所以，就決心一試。

從安裝系統、使用軟件到學習使用，原來要有不少轉換上的適應。第一個挑戰是從舊有的使用習慣和用語去找在蘋果系統內相關的對照。例如從 File Explorer 到 Finder；Control Panel 到 System Preference，Control Key 到 Command Key 的替代，從摸不著頭腦到找到相關的應用，到嘗到新系統好用的地方，不知用上了多少個鐘的時間。幸好網上有不少這方面的教學資源，才在使用新系統上慢慢上了軌道。

這個學習的過程給我不少這人生階段的反省。我們若不想自己的生命變得僵化，不時學習一些新事物，過程中就要放下舊有的思想模式和習慣，學習一些新的語言和做事方式。學習理論中有所謂Assimilation（融入）與Accommodation（適應）兩個不同的過程，融入是指將新的知識放進自己已有的系統中，這是我們中年人擅長的，因為自己已累積了不少很好的知識架構，但新事物不少時候會挑戰我們固有的系統和運作模式，迫我們作出適應。我想我們應該經常刻意將自己拋擲在這些場景，我們的生命才能吸取到生活新的元素和養份。

最近跟朋友敘舊，談起工餘的興趣，真的不少身邊的中年人對新的事物有著一種追求。有朋友去學國畫，有朋友去學品紅酒，也有朋友重拾放下多時的二胡，去參予福音粵曲的興趣班。是的，我們要活到老、學到老。我們才能保持著那「不老」的心。

路直路彎

最近有機會看到一套由美國導演大衛連治 David Lynch 的戲《路直路彎》（The Straight Story），近年已經很少看節奏那麼慢、背景那麼平實和田園的戲。要不是大伙兒一起看，在 video on demand 的年代，不多人會看完這套戲。

故事的主人翁是一個 73 歲的老人，剛拒絕了醫生的勸告做詳細的身體檢查，他需要倚著拐杖走路，因為已沒有駕駛牌照，他獨個兒駕著一輛時速只有五哩的老爺剪草機，花了個多兩個月，穿州過省，為了修補人生的一個遺憾，去見一個因小事不和而導致十年不相見的哥哥。

中文戲名的翻譯頗有意思，人生的路是有直有彎的，我們也可將彎了的路修直。在這位老人家 Mr. Straight 完成未了心願（unfinished business）的旅程中，他遇上了不少人，包括一個懷了孕的逃家少女、一個每天在上班的路上都會撞死兩頭鹿的歇斯底里婦人、一個善良的神父、一群騎著單車的青少年和一位退役老兵。跟這些人接觸和談話的過程，這位老人家的故事就慢慢展現出來，原來他也是戰爭歸來的老兵，有誤殺了一個同僚不為人知的過去，他酗酒，後來得到治療康復、有著一個經歷火災和失去子女撫養權的女兒，這些種種經歷，使他累積了不少人生的智慧，可說是一個受傷的治療者（wounded healer）。每個跟他接觸過的人，都不同程度上得到啟迪、安慰和轉化。例如對著懷了孕的逃家少女，他說：「他們也許為此非常生氣，但未必生氣到想趕你走。」對那些看不起老人家的年輕單車手問年老了最糟糕的是甚麼，他回答說：「年老了最糟糕的是想起年輕的日子。」可說是連消帶打的回應。

說真的，看完這套戲我十分喜歡這位老人家，聽說是一個真人真事改編的故事，片中展現的是一個既頑固又可愛、行動不便卻意志堅定，行動緩慢卻留下空間給身邊的人可以一起分享彼此的生命故事，也很努力糾正他人生的遺憾，這是十分可敬的。我看到老人家仍然可以很有「火」，累積了的人生智慧也可以祝福到身邊的人。

這套戲除了路上的田野之外，星空都是經常出現的影像，是的，星空給人對世界宇宙有一種驚訝和敬畏、星空給人對世界仍然美好寄予盼望、星空給我們可以眼望著它，思想卻浮遊於過去美好的回憶，自己曾經愛過的人和事，星空是有著令人意想不到的治療作用。

但願年事越長的我們，心中仍然有火、眼裡仍然有星空。相信悲慘的世界中仍然有美好。

學會謙卑

當我們人生閱歷越豐富的時候，中年人一個成熟的表現是越能夠謙卑自己。因為我們知道世界之大，總會遇到「一山還有一山高」的情況。自己有的成就其實都是微不足道。又或者看到今天自己有的成就，不少是天時地利人和下發生的，不少比你聰明能幹的人，也只是欠了一些際遇的幫助而已。

對於基督徒來說，我們的謙卑是來自看到自己的不配、限制甚至軟弱；我們的謙卑也來自經歷到神恩典的厚愛。《聖經》中的人物反映出人生閱歷越多越能表現出謙卑的，要數的是保羅。有聖經學者觀察，從保羅不同時期寫的書信中，我們看到他是越來越謙卑的。我們看他的自稱就可以。以下三段經文就是他越老越謙卑的明證。

「我原是使徒中最小的，不配稱為使徒，因為我從前逼迫神的教會。」（哥林多前書 15：9）

「我本來比眾聖徒中最小的還小，然而他還賜我這恩典，叫我把基督那測不透的豐富傳給外邦人。」（以弗所書 3：8）

「『基督耶穌降世，為要拯救罪人。』這話是可信的，是十分可佩服的。在罪人中我是個罪魁。」（提摩太前書 1：15）

從「使徒中最小的」到「比眾聖徒中最小的還小」到「在罪人中我是個罪魁」，我們看到他謙卑的演進。保羅除了身上的一根刺令他謙卑之外，我想他是從耶穌身上學回來的。所以，在腓立比書勸勉信徒要同心的時候，他鼓勵信徒不要自我為中心（low self-focus），要看別人比自己強，以及要顧念別人的事，這種以他人為中心（other-focus）的思想正是一種謙卑的素質。一個驕傲的人是多看自己，也看自己比人強，保羅看到自己的軟弱，他的強是來自基督的。CS Lewis 對謙卑有一個很精警的定義，他說：「謙卑並不是看小自己，而是少看自己。」（Humility is not thinking less of yourself but thinking of yourself less.）

舉一個簡單的例子，一個有相當社會地位的中年人，在一些社交場合，他是否得到主人家的禮待抑或被人忽略，若被當場的人不小心忽略了你，你會感到不被尊重嗎？你會不悅嗎？還是你了解主人翁因著各種原因而疏忽了你，沒有放在心上，只管投入參予這個社交場合的聚會。

面子、別人的尊榮對一個有自信和懂得謙卑的中年人來說，只不過是過眼雲煙，不值得因此而攪動起自己不快的情緒。

學習與新時代接軌

最近聽到一個笑話。話説有一個快將結婚的男士，揀了兩張婚紗照給父母看。母親看後説為何只得兩張那麼少？兒子急忙解釋，其實是拍了幾百張，之後可以慢慢選。母親表示驚訝，回應説：「這麼浪費菲林？」這個時候，父親加入説：「你不明白那些年輕人的了，人家拍戲也用上幾萬呎菲林剪成幾十分鐘的影片呢！」兒子聽後不知道如何反應。這是上一代未能跟新時代接軌的例子，數碼年代已到了那麼多年，父母還活在「菲林」的年代。

跟新時代接軌的説法很有意思，因為接上軌才能互通和交流，我們應該抱著一個開放、好奇和樂意聆聽學習的心，來與新時代的種種接軌。

例如我這把年紀聽的音樂都是以古典和爵士樂為主，對於新的音樂自己未必有時間和興趣去涉獵，家中卻有一個愛現代音樂的兒子。間來我會進他的房間，聽聽他正在播放的音樂，讓我認識一些對我來説新的歌手，例如我發現 Adele 這女歌星真的唱得很好，我在流行音樂上跟兒子接軌了。

再説説聽音樂的經歷。早兩年我有一部 CD 機壞了要換，賣音響的朋友説，一些出名高級的音響公司已經轉戰數碼串流（Digital Stream）了，於是他建議我買一部數碼串流播放器，更可以放在伺服器，將 CD 的音樂數碼化後，就可以省卻不少擺放 CD 的空間。這又成為我與新時代接軌的機會，帶著開放和好奇的心去了解這些新媒體的好處。我還將這新玩意跟一些音樂發燒友交流，將興趣傳開去，讓更多人可以跟上時代的變化。

我們除了跟一些新科技接軌之外，年青人的生活文化也是需要接軌的，例如今年一家人到日本旅行，大女兒作導遊和行程的編排，住民宿是透過 Airbnb 的網上服務來安排的，若不是跟年青人一起去旅行，我跟太太多數是訂一般的酒店，少了住民宿的樂趣。

是的，世界真的日新月異，多看報紙，吸納一些新事物，聽聽年青人的新玩意，除了感覺自己沒有跟時代脫節之外，我也感覺到自己還年青呢！我指當然是心態上的年青，就是仍然可以去嘗試新的事物、仍然可以去探險。

這是一個新的世界，這是一個美好的世界。

樂於施予

最近被一本商界的暢銷書所吸引，名為*Give and Take: Why Helping Others Drives Our Success*，中文翻譯為《給予》。Adam Grant是大學教授，他發現成功的人，並不是「索取者」（Taker）和「互利者」（matcher），反而是Givers「給予者」。相信「利他主義」的人從長遠的角度來看，往往才會是最後的贏家。

一個施予者的特點：1) 願意付出比收穫多、2) 專注於別人的福祉而有所行動、3) 幫助別人時不望回報。《聖經》也是教導我們施比受更為有福的道理。

最近我就遇上一位百分百的施予者。他是一位業餘二手車的代理人，經他買了一部二手車之後，大大小小車的毛病找他，他也喜歡和有專業知識去為我作一些小維修，除了用的材料之外，他花上的時間也從不計較，也不會收我任何維修的人工。最近託他代辦換去很少用得上的七人車，他甚至向自己公司請假幫我跟進買賣的過程亦是毫不計較的，令我十分不好意思。所以，若再買車，我毫不猶疑一定會找他幫助，我想樂於助人是令他成功的原因。

我們已踏進人生的下半場，透過施予而獲取事業上的成功可能不再在我們的目標之內，我們樂於施予多一點是因為一種對生命的感恩和回饋。記得自己年輕的時候，遇上一位由新加坡來香港讀神學的神學生林雅斯，她是文學的愛好者，後來知道她有參予《前哨》雜誌的編輯工作。她來我教會實習期間，知道我喜歡寫作，她就為我辦的團刊的文章作修改和指導，她更將她正寫作的小說給我看，她可說是我寫作第一位啟蒙老師，她樂於將她的時間、寫作經驗跟一位小子分享，令我相當深刻和感動。所以，看到有熱愛寫作的年輕人我是特別樂意跟他們分享自己寫作的心得，可說是生命的傳承吧！

當然有一些的施予若跟自己的興趣拉上關係，那就更加樂意幫忙了。我有一個興趣是自己砌電腦的，喜歡挑選自己認為又平又效能高的硬件來 DIY。所以，知道朋友出新的電腦，我是樂意為他們砌一部全新的電腦的。最近知道一位同學的電腦經常當機，研究後知道是機箱太細、散熱的效果不佳導致電腦出現過熱的情況，我就為她選一個通風較佳的機箱，還為電腦加散熱風扇。她為此十分感激我，對我來說，這種帶來不少樂趣的施予，我是樂此不疲的。

文字的傳承

有機會看到《星期日檔案》，就著每年的書展做了一個專輯，名為「文尊文卑」。本港才子陶傑慨嘆香港人不尊重作家，流行的讀物都是跟旅遊、飲食居多，而讀者群太少，也不可能養活一個作家。專輯中有一位年輕作家藍橘子，日間是文員，作為一位工餘奇幻主題的網上小說作家，他要在寫作的路上掙扎求存，他的經理人建議他以愛情為題材先寫，當成名之後，有了讀者群才想寫自己喜愛的東西。這是香港作家的辛酸。不過他仍然堅持筆耕，真令人佩服。他提出的原因給我留下深刻的印象。他說他在網上寫了多少好的東西，過幾年就不會留得下，實體書有一種能留得下，可以傳承的作用。

這令我想起為甚麼一些成功人士都想有自己的傳記或自傳，能將自己的人生故事傳承下去，我們需要將自己的故事講給自己的子女、親友知道。從這個生命傳承的角度，我們也可以了解為甚麼老人家總喜歡跟自己的孫兒講自己的過去。

每個人的生活圈子有大有小之分，我們其實像一台戲，我們身邊的人就是我們的觀眾，圈子大就多一些觀眾，你生命的故事能留下在人的記憶中就會多一點，你或許會說，我只是一個小人物，所以真的觀眾不多，那怎麼辦。量不多其實不是最重要，耶穌在短短出來傳道的三年裡，最貼身在他身邊的也不過是12位門徒，他留下的影響卻是如此巨大。我看與人有深入的接觸、情感的交流和生命價值的傳承更加重要。有幾多個人因你的生命變得動聽？你留在他們的記憶中有多少重量。

已經走了人生的一半，我們的故事還未完，是時候深刻的想想，我想身邊的人了解我的人生哲學、價值選取是甚麼嗎？我的愛恨所在何處？我上半生有否只為物質的豐富去打拚，而沒有留下甚麼心靈的寶藏。我上半生只為積蓄財富而努力，卻沒有學曉跟人分享。我的生命有很多不平衡的地方需要修正嗎？現在就是最好的時候。

我們的生活可以是給身邊的人一種祝福，這要看我們能否在餘下的日子演好我們的戲，過去我們忽略的地方，我們要好好補足，令自己的生命完滿，那樣，生命的傳承就會變得完整。有幸有人將我們生命的故事化成文字，我們能傳承的就可以更廣更遠。不過，別想著要寫甚麼自傳，先活好自己的生命為上。

做一些感動你的事情

最近偶然重溫一套電影《修女也瘋狂》（Sister Act）的片段，看到一班古老和傳統的修女，經過一位避難來到修院的主角，擔起她們詩班的指揮後，本來是一盤散沙，有唱歌時搶出位，有羞怯而聲音微弱的，經過她的指導後，整個詩班活過來，更能唱出雅俗共賞的聖詩，吸引到不少人走進教堂，修女們也積極去服侍她們身處的社群，而這位逃難的歌手自己也在過程中轉化過來，變得更貼近上主。重看時有不少感動我的「位」。原來我是十分喜歡看到一個自卑或不顯眼的生命得到轉化的過程，他們的生命因為與另一些生命的相遇和碰撞而得到提升，可以展現他們生命的潛質和美善的一面，我就被感動了。

雖然周星馳的電影給人一些既定的方程式的印象，就是一班本來被人摒棄的小人物，卻能夠重新振作，絕地反擊，將欺負他們的敵人擊退，像《少年足球》的橋段一樣，是老套了一點，但我仍然被某些片段而感動到的。從這些被感動的時刻和主題，我慢慢找到自己生命的召命，我是希望自己能參予一些看到生命得到轉化的工作的。不論自己的教學、輔導和寫作，我也是希望自己能帶給一些我有限地能接觸到的人，有生命轉化的機會，我可以在過程中作一個媒介或催化者，是多麼令自己快慰的呢！

要做到這個角色，說來真的不易。早一段日子，

Robin William在電影《暴雨驕陽》（Dead Poet Society）飾演深深感動我的電影主角，在電影中，他帶給一班學生不少對文學、詩、生命的啟發和激勵，認識一些投身教育工作的朋友也是受這套電影影響而執起生命的教鞭。Robin William在戲中是一個生命的戰士，也是眾人心目中的笑匠，他卻是自殺了斷自己生命的。他的電影能轉化他人的生命，他自己卻沒有被轉化。

是的，我被生命得到轉化而感動，我相信有朝一日我退休，我仍然會參予一些與這有關的活動和服務。

你呢？最近有甚麼能夠感動到你的事情發生呢？能夠被感動是多麼美好的事，這是我們活著的明證。不要被忙碌、重複、無感覺的生活佔據了你所有的時間，給自己的情感一些洗滌的機會，有甚麼事能令你心情跳躍起來的，投入去吧，這是你生命之源。

前人為我、我為後人

這個年紀，會覺得去葬禮比去婚禮重要。除了自己可以有一個空間思念逝去者的故事，也可以幫自己重新檢視自己生命的種種。

有機會參加錢恩培先生的追思會，沒有太多離愁別緒，多的是對生命的禮讚。錢先生是本港跳遠的記錄保持者，是上水宣道會的校長、民生書院自己母校的校監、大型體育運動比賽的電視節目的評論嘉賓、人稱為田徑的教父，亦是本港康體工作的啟動者，參予不少教會音樂、體育事工和神學院的教育行政工作，公職和成就有目共睹。但為人卻謙虛、低調。我跟錢生和錢太都是近年才認識，到過他家吃一頓晚飯和閒談。參加這個追思會才知道錢生的生命如此精彩和亮麗。

追思會中有不同人對這位巨人作出懷念，當中他為人師表和田徑教練的故事最感人。一位受過錢生訓練、現為田徑教練的劉志強先生，憶述他自己如何被錢生接納為他的徒弟，作為師父的錢生，勞心勞力，當時仍然作校長，老遠的從新界到九龍來訓練自己，這位徒弟有一次不聽師父的説話，偷偷去參加跨欄的比賽，終於在比賽中跌倒，以致要停止其他的比賽，本來他是無面目見師父的，不知如何面對師父，只敢在電話中交待事情，這位滿有憐憫和恩典的師父，二話不說，就叫他來見自己，師母也做了一碗麵給這位小子，他感動師父師母的接納和寬厚。日後他不單有不少田徑上的成就，更成為別人的教練，他從錢生身上學到的不單是「錢派」的田徑訓練技巧和智慧，他總結教練的最重要的承傳是錢生對學生的「愛與關懷」。

錢生三代都是民生書院的學生，他深感學院對他的造就，尤為深刻的是民生的校訓，真的充分在錢生的生命中展現：「以『光與生命』及『人人為我，我為人人』為校訓，致力提供以基督教信仰為基礎的全人教育，培育學生建立積極而堅毅的人生觀，俾能對社會作出貢獻，獲得豐盛人生。」他為自己的生命寫下一句座右銘，是修改自校訓的：「前人為我、我為後人」。那是多麼有意思的一個生命的寫照。

追思會在民生書院的禮堂舉行，座無虛設，這是他生命對別人有如何影響的見證，最突出的是他作教練、作老師、作校長、作詩班指揮的生命傳遞。記念特刊封底除了有一張他年輕時跳遠的風姿外，有一句金句，寫著：「凡我所行的，都是為福音的緣故，為要與人同得這福音的好處。」（哥林多前書 9：23），他已活出這信息了，聚會時想著自己能否有他同樣的心志：「前人為我、我為後人」。

中年的妙趣

中國的散文家梁實秋先生，寫了一篇關於中年為題的文章，對這個年紀的人的觀察入微，落筆風趣幽默。例如他說：「人的年紀也是這樣的，一年又一年，總有一天你會驀然一驚，已經到了中年；到這時候大概有兩件事使你不能不注意，訃聞不斷的來，有些性急的朋友已經先走一步，很煞風景；同時又會忽然覺得一大批一大批的青年小夥子在眼前出現，從前也不知是在甚麼地方藏著的，如今一齊在你眼前搖幌。」

我最欣賞的，還是他對中年的結論：「中年的妙趣，在於相當的認識人生，認識自己，從而作自己所能作的事，享受自己所能享受的生活。」

我們在壯年的日子，覺得萬事都在自己掌握，有時候為了要在工作世界上打拚，很容易落在一個忙碌，不知為甚麼而活的狀態。所以，才有「總有一天你會驀然一驚」的出現，因為忙到連自己也忘了。

直到自己身體出了毛病，好友突然去世，我們才知道自己的限制，原來好好生活，跟自己深愛的朋友家人相聚，享受生活是一種樂事。開始減慢自己的腳步，放棄名利的追逐，問問自己真正想要的是怎麼樣的生活。

認識一位警隊的朋友，五十歲就退休，退休後讀了兩個自己喜歡的學位，神學和輔導，身住離島，在一個機構當部分時間的輔導員，跟太太四處旅遊，也樂於參予教會的義務工作，生活頂充實的。看見他的笑容和積極的人生態度，給我們對將要退休的人一個很好的榜樣，閒談間，問他為甚麼這麼年青就退休，他的答覆也就是梁實秋先生的結語：「從而作自己所能作的事，享受自己所能享受的生活。」

是的，人生下半場是可以很美妙和充滿樂趣的，因為我們不再為「人的眼光」而活，別人怎樣看自己已變得不再重要，重要是知道自己的需要。

生活其實是一種選擇、豐儉由人。我們到了人生的下半場，看重的是生活的質素，不再追求要食琳琅滿目的自助餐，吃了要花多少時間去減肥！而是跟親友悠閑的吃一餐美味，或平或貴也不打緊，不趕的、慢慢品嘗，交心對話，就是有質素的生活。你懂得過這些有妙趣的生活沒有？

快樂的人生下半場

回望這年來人生下半場的歷程，對自己和身邊的中年人，多了不少了解。或許，這就是生命的奧秘，當我們走進一個新的人生階段，總會有些不知所措的感覺，但努力使這些經歷變得「可理解」（making sense），個人就能安於本位。畢竟，我們可以擁抱中年這人生階段呢！

我們不妨檢視一下，快樂人生下半場的指標。近年多了深入研究「中年」，心理學家為我們分辨出中年人健康的六大指標。

（一）自我接納

快樂的中年人對自我有正面的評價，他知道和接納自己多方面的自我，這包括認識自己的強弱、光明和陰暗面。對於自己的過去，他也感到十分欣慰和正面，不會被過去的創傷和遺憾拖著自己而不去享受生命的種種。

（二）與別人有良好關係

快樂的中年人與身邊的人，建立了一份溫暖、互信和滿足的關係，他能主動關心別人的事，對別人能表達同感和親密，也明白關係中施與受的平衡。過去的歲月可能留下不少人際間的誤會和不快，在能力範圍之內，他會儘量去修補這些關係。

（三）自主

健康的中年人能獨立處理事情，他能夠對抗社會和朋輩的壓力，能從內而外的調適自己的需要，也能確立自己生活的標準，不容易被人左搖右擺。自主是出於對自己需要的了解，從而選擇自己所喜愛的東西。

（四）對環境的掌握

健康的中年人感到自己有一份能掌握環境的勝任感，對外在複雜的環境有洞見，曉得因時制宜，為自己創造一個滿足的生活空間。他知道甚麼是可以改變的，也儘量去改善自己生活的環境。他也學習接納一些不能改變的環境，環境改變不了，就改變自己對環境的態度。

（五）生命的目標

健康的中年人生命有方向感，知道自己生命意義所在，有自己的信仰和人生的哲學，知道如何投放自己的生命和時間。在有限的餘下人生當中，選擇一些認為最重要也值得投身的事情去參予，完成自己未了的心願。

（六）個人成長

健康的中年人有一種不斷成長和自我得以擴充的感覺，對新的經歷抱開放態度，覺得自己能發揮上天賦予的潛質，越來越認識自己和知天命，活到老學到老呢！

這就是一個健康和快樂人生下半場的指標。作為一個中年信徒，我們能先與神和好，自我接納和人際關係就不成問題。凡事交託和降服在神的帶領，生命是向上前進的。

人生下半場的生命是很不錯的。

過了上半場，

你了解自己的性格嗎？

過了上半場，你了解自己的性格嗎？

心理學家容格是第一位提倡我們人生的下半場是成年人成長的契機。他說，我們不可能以清晨的方式去過黃昏的生活。我們若不接納自己是活在某一個季節裡，只想重拾昔日的光輝的歲月，生命的步伐便錯亂起來。

而人生下半場的一個特性是對生命的開放，我們會較懂得為自己的生命感恩，知道如何在人生的風暴中自處，我們對人生體驗深了，這帶動我們在人生下半場中，更多在人生意義和靈性上的尋索。我們對心靈的事更敏銳，也有不少中年人尋求信仰上的慰藉和更新。

MBTI（Myers-Briggs Type Indicator）這套廣泛被接納的性格測驗是建基於容格的性格理念，我在職業輔導和婚前輔導的著作中也有簡略的介紹。這套性格主要將人的性格歸為四對組合，包括：

- 心理能力的走向：你是「外向」（Extrovent）（E）還是內向（Introvert）（I）？
- 認識外在世界的方法：你是靠五官「感官」（Sensing）（S）還是直覺（Intuition）（N）？
- 倚賴甚麼方式做決定：你是「思考」邏輯（Thinking）（T）還是「感性」價值（Feeling）（F）？

- 生活方式和處事態度：你是「判斷」、安排周到（Judging）（J）還是「感知」、順其自然（Perceiving）（P）？

根據以上四個問題的不同答案，可將人的性格分為十六個種類。

在網上有很多MBTI的資料，也有網上的性格問卷，讀者可以自行了解自己性格。你可以輸入MBTI或Keirsey Temperament Sorter，就可以在網上填測驗，及得到網上的報告。

下頁先介紹這四組性格量度些甚麼，你可以初步找出自己性格的組合。只要將每組中較高分的英文字母選出來，按次序就有一個四個英文字母的性格組合。例如性格類型是“INTJ”，意思是他性格是較傾向：內向（I）+直覺（N）+思考（T）+判斷（J）。

你喜歡把注意力放在甚麼地方？

E 外向　vs　I 內向

E 外向型 (Extraversion)	**I 內向型 (Introversion)**
外向型的人傾向關注外界的人或事，他們把精力和注意力向外投放，從外界的事件、經歷和交往中接收能量。	內向型的人傾向關注內在的思想和經驗，他們把精力和注意力向內投放，從內在的思想、感受和反省中接收能量。
大部分外向型人士的特徵： · 敏銳於外界環境 · 喜歡以說話與人溝通 · 學習過程以實幹和討論為主 · 興趣淺嘗 · 傾向先表達後反思 · 社交及表達能力強 · 主動於工作及關係建立上	大部分內向型人士的特徵： · 深藏於自我的內心世界 · 喜歡以文字與人溝通 · 學習過程以反思和思想綵排為主 · 興趣深究 · 傾向三思而後行 · 喜歡私人空間和內歛 · 專注力強

選出你偏向E（外向）還是I（內向）：

你以甚麼方式接收和吸收新事物？

S 感官 vs N 直覺

S 感官型 (Sensing)	**N 直覺型 (Intuition)**
感官型的人喜歡以眼睛、耳朵等五觀接收事物，他們的觀察力強，很容易看出不同事情的實際情況。	直覺型的人喜歡從宏觀和事件之間的關係看事物，他們著眼尋找事物的規律，強於發掘新的可能性和不同的方法。
大部分感官型人士的特徵： · 著眼真正現實 · 著重實際可行性 · 具體、實事求是、專注細節 · 觀察及次序記憶力強 · 活在當下 · 循序漸進 · 相信經驗	大部分直覺型人士的特徵： · 著眼大圖畫、可能性 · 著重想像力 · 抽象而推理性強 · 看見事物的規律和意義 · 著眼未來 · 到處跳動 · 相信啟發

選出你偏向 S（感官）還是 N（直覺）：

你如何下決定？

T 思考 vs F 感性

T 思考型 (Thinking)	**F 感性型 (Feeling)**
思考型的人傾向看選擇或行動背後的理性後果，他會精神上把自己從情況中抽離，客觀地分析事件的前因後果，為的是找出一個客觀的真理標準以及實踐原則。他們強於分析事件中的錯謬，繼而使出他們的解難能力。	感性型的人傾向考慮自己和別人著緊的事物，他會精神上把自己放進事情裡，與他人感同身受，作出以人為本的決定，目的是與人保持和諧和認同。他們的強項有善解人意、對人欣賞和支持。
大部分思考型人士的特徵： · 分析力強 · 具理性的解難能力 · 以因果關係推論事情 · 意志力強 · 以非人性的客觀真理作主導 · 講道理 · 公平	大部分感性型人士的特徵： · 同情心強 · 顧及對別人的影響 · 以個人價值觀主導 · 心地溫柔 · 以和諧和別人的公允為原則 · 富憐憫 · 對人接納

選出你偏向 T（思考）還是 F（感性）：

你如何訂立方向？

J 判斷 vs P 感知

J 判斷型 (Judging)	P 感知型 (Perceiving)
判斷型的人有計劃、有秩序，喜歡管理和控制生活。他們傾向下決策、結束討論，然後行動，生活方式工整而有系統，喜歡安頓事物。他們辦事最緊要是謹守計劃和程序，把事情做妥使他們最舒暢。	感知型的人具彈性和即興，喜歡體驗並體會生活，多於控制生活。計劃和決策對他們來說局限了，最好保持開放，到最後一刻才下決定。他們喜歡並且相信自己的足智多謀，能滿足不同情況的要求。
大部分判斷型人士的特徵： · 按部就班 · 有組織 · 有系統 · 有條理 · 有計劃 · 喜歡早下定案 · 避免臨場的壓力	大部分感知型人士的特徵： · 即興 · 開放 · 不拘 · 有彈性 · 適應力強 · 喜歡鬆緩且接受轉變 · 臨場的壓力就是動力

選出你偏向 J（判斷）還是 P（感知）：

若想作仔細的測驗，你也可以用以下的問卷來分析你的MBTI：

(MBTI) Keirsey Temperament Sorter II

請在P.123答案紙上以✓選擇較適合你的答案：

1.當電話響起時你會：
(a)馬上趕著接聽　　(b)等別人先接聽

2.你傾向：
(a)觀察多於內省　　(b)內省多於觀察

3.你認為哪一種處事方式較差勁：
(a)天馬行空　　(b)墨守成規

4.你對待人通常：
(a)直率多於婉轉　　(b)婉轉多於直率

5.你比較容易作出：
(a)邏輯性的判斷　　(b)道德性的判斷

6.辦公室若太淩亂，你通常會：
(a)忍不住要先收拾妥當　　(b)處之泰然

7.你習慣處事：
(a)當機立斷　　(b)深思熟慮

8.排隊過程中，你通常會：

(a)與身邊的陌生人攀談　(b)靜心等候

9.你比較：

(a)重實際多於夢想　(b)重夢想多於實際

10.你對事情的哪方面較有興趣：

(a)實際情況　(b)發展空間

11.你較傾向根據甚麼作決定：

(a)數據　(b)意向

12.你對人的品評多屬：

(a)客觀理性　(b)友善親切

13.你與人作協議大多會：

(a)公事公辦、手續分明　(b)依賴口頭承諾

14.甚麼叫你更有滿足感：

(a)事情的成果　(b)事情的過程

15.在社交場合中，你習慣：

(a)與多人交談，包括陌生人　(b)只與少數熟悉的朋友交談

16.你比較：

(a)重現實多於推測　(b)重推測多於現實

17.你喜歡怎樣的作者：

(a)平鋪直敘　(b)多用比喻和暗示

18.你較喜歡：

(a)思路清晰　(b)和諧關係

19.如果你必須表達不同意見，你大多會：

(a)直接了當　(b)溫和婉轉

20.日常工作的細節上，你希望有：

(a)嚴謹的規律　(b)寬鬆的彈性

21.你較喜歡：

(a)斬釘截鐵的表達　(b)婉轉留有餘地的表達

22.與陌生人交談會令你：

(a)精神振奮　(b)精疲力竭

23.事實：

(a)勝於雄辯　(b)隱含原則

24.夢想或理論型的人會令你覺得：

(a)有點厭煩　(b)有吸引力

25.身處激烈爭論中，你通常會：

(a)堅持己見　(b)尋求共識

26.你較注重：

(a)公平　　(b)憐憫

27.你在工作上比較傾向：

(a)指出錯處　　(b)取悅他人

28.你甚麼時候覺得較輕鬆：

(a)作決定之前　　(a)作決定之後

29.你較傾向於：

(a)心直口快　　(b)耐心聆聽

30.常識（common sense）：

(a)通常有其道理　　(b)通常並不可靠

31.兒童通常：

(a)不夠用功　　(b)不夠想像力

32.管理下屬的態度，你較傾向於：

(a)堅定不妥協　　(b)寬容體恤

33.你通常比較：

(a)理智冷靜　　(b)熱誠親切

34.你處事較傾向：

(a)實事求是　　(b)探索開墾

35.多數情況下，你比較傾向：
(a)著意多於隨意　　(b)隨意多於著意

36.你認為自己是：
(a)外向的　　(b)內向的

37.你屬於哪種人：
(a)講求實際　　(b)想像豐富

38.你的表達方式：
(a)較重細節　　(b)較重概要

39.你覺得哪一句較似是讚美的說話：
(a)「這人非常理性！」　　(b)「這人非常感性！」

40.你較多受哪樣主導：
(a)思想　　(b)情緒

41.當完成一件工作後，你喜歡：
(a)歸納總結　　(b)轉新任務

42.工作上你寧願：
(a)按時完成　　(b)從容不迫

43.你為人較：
(a)健談　　(b)沉默

44.從別人的說話中，你較傾向接收：

(a)字面的含意　　(b)隱藏的含意

45.你通常留意：

(a)當前的事物　　(b)想像中的事物

46.你認為哪樣較差勁：

(a)怯懦　　(b)頑固

47.面對逆境時，你有時會：

(a)過分心硬　　(b)過分心軟

48.作抉擇時，你會：

(a)相當小心　　(b)較憑衝動

49.你通常傾向：

(a)匆忙多於從容　　(b)從容多於匆忙

50.工作中你比較：

(a)與同事打成一片　　(b)獨來獨往

51.你比較相信自己的：

(a)經驗　　(b)構思

52.你較多有哪一種感覺：

(a)踏實感　　(b)疏離感

53.你認為自己是個：
(a)固執的人　　(b)心軟的人

54.你較欣賞自己哪一方面：
(a)合情合理　　(b)滿腔熱誠

55.你通常希望事情：
(a)井井有條　　(b)保留彈性

56.你覺得自己屬：
(a)嚴謹果斷　　(b)寬大隨和

57.你認為自己是：
(a)好的交談者　　(b)好的聆聽者

58.你欣賞自己：
(a)實事求是　　(b)想像豐富

59.你比較注重：
(a)基本原則　　(b)執行細節

60.你認為哪樣更差勁：
(a)過分同情　　(b)過分冷靜

61.你較易受甚麼影響：
(a)確實證據　　(b)感人呼籲

62.甚麼情況令你更舒暢：

(a)將事情推向完結　　(b)保持選擇的權利

63.你寧願事情：

(a)有條不紊　　(b)聽其自然

64.你傾向：

(a)平易近人　　(b)含蓄保守

65.你喜歡怎樣的故事：

(a)動作和歷險　　(b)幻想和英雄

66.甚麼對你來說較容易：

(a)推動別人　　(b)與別人認同

67.你希望自己多些：

(a)意志力　　(b)情感智能

68.你自覺屬於：

(a)面皮較厚的　　(b)面皮較薄的

69.你傾向先留意：

(a)混亂　　(b)轉機

70.你比較：

(a)保守多於創新　　(b)創新多於保守

(Keirsey Temperament Sorter II) 答案紙

請每題以✓選出答案a或b：

	a	b		a	b		a	b		a	b		a	b		a	b		a	b
1			2			3			4			5			6			7		
8			9			10			11			12			13			14		
15			16			17			18			19			20			21		
22			23			24			25			26			27			28		
29			30			31			32			33			34			35		
36			37			38			39			40			41			42		
43			44			45			46			47			48			49		
50			51			52			53			54			55			56		
57			58			59			60			61			62			63		
64			65			66			67			68			69			70		
	1	2		3	4		3	4		5	6		5	6		7	8		7	8

1	2	3	4	5	6	7	8
E	I	S	N	T	F	J	P

將分數加起來，圈出一對組合中較大數值的英文字母，最後組成四個英文字母的性格組合，如INFJ或ESTP等共十六個可能的性格組合。

你的性格與下半場的靈性追求

MBTI 兩位專家 Sandra Hirsh and Jane Kise，將 MBTI 的性格分析應用到我們靈性的追求上，他們合著的 *Soultypes: Finding the Spiritual Path That is Right for You*，我認為對我們在人生下半場的人士，特別在靈性方面有很好的提示。篇幅關係，只能表列他們對每種性格的提示作參考，我鼓勵讀者可以找這本書細閱，作為自我認識和如何活好下半場的藍圖。

懂得感恩、在風暴中知道如何自處及尋找神的個人獨特的路徑，是他們對每種性格分析的重點。讀者找到自己性格組合後，可以他們的提示作你人生下半場的反省重點，看看能否讓你經歷人生新的尋索歷程。

ESTP

我會為以下的事物感恩：

· 我對人生的熱愛
· 我對現況有真實的掌握
· 我的機智與面對事情快速的反應
· 我能捕捉到當下的喜樂

處於人生的暴風雨時期，以下是我的避難處：

· 停下來反思
· 對未來有正面的預測
· 評估真正的優先次序

追求靈命成長，我可以做以下的事：

· 尋找方法去結合靈命操練和自己喜歡的活動
· 尋找屬靈伙伴
· 退修，滿足靈命上的需要。

ESFP

我會為以下的事物感恩：

· 我享受每一天都是新的以及每天會出現的奇蹟
· 我能以不同形式為別人提供實質的幫助
· 我對周圍的人充滿熱情
· 我以不同方式探索、嘗試、經歷靈性的開放態度

處於人生的暴風雨時期，以下是我的避難處：

· 向了解我的人尋求支持
· 保留時間讓我重新得力，去面對自己和他人。
· 專注於生活上那些看不見、未能理解 (inexplicable) 的方面

追求靈命成長，我可以做以下的事：

· 從被造物中經歷神的無所不在
· 與別人一起慶祝我們的屬靈旅程
· 聆聽自己的夢想和對未來的盼望時感到自在

ISTJ

我會為以下的事物感恩：

- 我理性與感性的恩賜
- 我了解從過往經歷中學習的好處
- 我信守承諾的能力
- 我擅於處理細節及事實

處於人生的暴風雨時期，以下是我的避難處：

- 尋求前人的指引，以及看看信心解決問題的能力。
- 將某些個人責任轉交給別人
- 為了完成更偉大的願景，尋求別人的協助。

追求靈命成長，我可以做以下的事：

- 找到可以配合我日常生活的屬靈操練
- 在多變的世界中，理解和應用不變的真理。
- 在不違背我所認知的真理之下，探索其他傳統或屬靈操練，去擴闊我屬靈的界線。

ISFJ

我會為以下的事物感恩：

· 我的現實情況
· 我對於職責、服務的責任感
· 幫助別人的滿足感
· 大自然的美麗、朋友的相伴

處於人生的暴風雨時期，以下是我的避難處：

· 當我在尋找新方向時，找到一個願意聆聽且能給我指引的朋友。
· 閱讀《聖經》，以及其他有同樣經驗的人的見證，擴闊的我眼界。
· 欣賞和尊重自己的需要、才能和恩賜

追求靈命成長，我可以做以下的事：

· 尋找反思及放鬆的安靜時刻
· 運用我的想像力，甚至超越有形和具體的，豐富我的屬靈操練。
· 花時間親近神，明白神掌管一切，我不用掌管一切。

ENTP

我會為以下的事物感恩：

- 面對人生挑戰，我會充滿精力和熱情。
- 我具創意及創新的眼光
- 我能看出事物的模式以及找到解決方法的能力
- 我能結合不同的意念

處於人生的暴風雨時期，以下是我的避難處：

- 為眾多的選項排優先次序，以及能找出哪些選項最配合我的人生價值。
- 捨棄干擾我的事物，騰出時間去反思及獨處。
- 注重並活出對我重要的規矩和原則

追求靈命成長，我可以做以下的事：

- 尋求答案及對解決方法提出疑問，發現這個世界的屬靈真理是甚麼。
- 關注甚麼是真實，以及重視真實為我的靈命旅程帶來的證據和豐富。
- 花時間在我的屬靈操練和靈命上

ENFP

我會為以下的事物感恩：

· 我對於所有存在於世上美好的可能性充滿熱情
· 我的想像力與洞察力
· 我的機智與樂觀
· 我努力地達成我可以達到的目標

處於人生的暴風雨時期，以下是我的避難處：

· 靜下來，除掉人生中忙碌的干擾。
· 允許自己休息以培育靈命
· 專注於對我真正有價值的事物上

追求靈命成長，我可以做以下的事：

· 自由地運用想像力去尋找具創意的靈命操練方式
· 從多個途徑去建立自己的靈命哲學
· 撥出一點時間獨處反思與祈禱，聆聽從神而來微小的聲音。

INTJ

我會為以下的事物感恩：

· 我敏銳的洞察力和靈感
· 我對挑戰及需要智慧去解決的複雜問題充滿興趣
· 我擅於處理制度、策略與結構
· 為了使自己的想法更完善，我充滿決心和幹勁。

處於人生的暴風雨時期，以下是我的避難處：

· 訂立計劃，然後放手，並接受最終結果。
· 邀請值得尊敬與信任的人提供合理的意見
· 給予自己足夠的玩樂及復原的時間

追求靈命成長，我可以做以下的事：

· 透過祈禱、學習或退修滿足自己的理性
· 觀察當下的小事小物——當我肯花時間去注意，這些當下的快樂可以豐富我的人生。
· 投入於配合自己屬靈原則的偉大目標

INFJ

我會為以下的事物感恩：

- 讓我可以預設不同解決方法的想像力
- 我在困難中的樂觀
- 我可以幫助別人認清自己潛能的能力
- 我與別人溝通的方式

處於人生的暴風雨時期，以下是我的避難處：

- 明白尋求別人幫助是正常的
- 找到聆聽的耳朵，讓我一邊分享一邊認清我的感受。
- 評估細節與任務，放棄一些我處理不了的事項。

追求靈命成長，我可以做以下的事：

- 尋找創新的方法去增加我的想像力
- 創造空間讓自己可以單獨思想、祈禱或默想
- 從創造物的細節中發現更多屬靈意義

ESTJ

我會為以下的事物感恩：

· 我對公平正義的著重
· 我的秩序感與責任感
· 我領導別人實現目標的能力
· 我的果斷與推理能力可以解決問題

處於人生的暴風雨時期，以下是我的避難處：

· 專注於對我真正重要的事，不論是現在的還是將來永恆的事。
· 知道感受可以豐富我的生活，所以我會擁抱而不會迴避自己的情緒。
· 獨處，以確保自己的所有需求都得到滿足。

追求靈命成長，我可以做以下的事：

· 尋求實際可行的方法，將靈命與日常生活結合。
· 在重要的事上運用我具組織的恩賜
· 看重能賦予生命更多意義但無形的事，例如人際關係或其他。

ENTJ

我會為以下的事物感恩：

- 我能在別人只看到混亂時看到解決方法和策略
- 我對真理和清晰的追求，能增加見解。
- 在我承擔的事上致力追求卓越
- 我領導別人走向明確目標的方式

處於人生的暴風雨時期，以下是我的避難處：

- 抽出特定的時間去探索更多可能性或解決方法
- 找出哪些事對我是最重要的或我認為有價值的
- 考慮別人的經驗並尋求他們的協助

追求靈命成長，我可以做以下的事：

- 滿足我想要知道的：我渴望了解宇宙，以及我們的創造者。
- 找出我所信仰的邏輯基礎：明白我們存在的無形
- 想辦法讓屬靈操練可以增進我們與別人，以及與神的關係。

ISTP

我會為以下的事物感恩：

- 我能迅速把事情做好的效率與能力
- 有需要時我必會伸出援手
- 我的理性思考
- 在制度和資訊下我能提供實際的建議

處於人生的暴風雨時期，以下是我的避難處：

- 撥出時間去思考和分析
- 尋找方法辨別和處理自己的情緒
- 按實際情況重新評估，看看哪些可以改善，哪些不能。

追求靈命成長，我可以做以下的事：

- 滿足我理性和具邏輯的一面，讓我確定自己有靈命操練的需要。
- 重新審視我所重視的，能讓我人生更有意義的關係與目的。
- 確認我的屬靈經驗：尋找顯示神的屬性的一致性及真理。

INTP

我會為以下的事物感恩：

- 我尋求真理的方法：經常對事物持懷疑態度
- 我對思考複雜問題的喜愛：充滿挑戰又能鍛煉我的思考。
- 驅使我尋求真理的好奇心
- 我對宇宙運行原則的理解

處於人生的暴風雨時期，以下是我的避難處：

- 專注於大局，並尋找新的可能性。
- 透過別人澄清自己的價值
- 評估我周遭環境的影響力

追求靈命成長，我可以做以下的事：

- 了解和分析我懷疑的領域
- 尊重我對於精準、亮光和整體性的需要
- 尋找可以增進我與他人關係的屬靈操練

ESFJ

我會為以下的事物感恩：

- 我有結交朋友和關懷別人的能力
- 我具溫暖和熱情的態度
- 明白別人的感受，也知道甚麼是他們生命中最重要的。
- 我有能力邀請別人一起合作做好事

處於人生的暴風雨時期，以下是我的避難處：

- 尋找時間空間反思事情的實況
- 意識到個人的限制，以及哪些是我無法控制的。
- 在選擇付出前，先評估甚麼是我重視、是我人生最重要的事。

追求靈命成長，我可以做以下的事：

- 找幾個可以深入傾訴和互相檢視的屬靈朋友
- 慶祝自己、別人和宇宙的美麗
- 發掘如何在感性上增加多點理性

ENFJ

我會為以下的事物感恩：

- 我理解甚麼是最重要的
- 我的友好、熱情、以人為本性格
- 我溝通上和創意上的恩賜，能推動別人。
- 我期望幫助別人完全的熱情

處於人生的暴風雨時期，以下是我的避難處：

- 轉向內在，考慮所有有希望的可能性。
- 評估甚麼才是配合個人核心價值的最重要的事
- 直接讓別人知道自己的看法，讓他們知道我的立場。

追求靈命成長，我可以做以下的事：

- 與志同道合的人相聚，以得到激勵和理解。
- 努力建立培養別人潛能的氣氛
- 確立自我價值和信念的理性支柱

ISFP

我會為以下的事物感恩：

- 我合作和體貼的特質
- 我享受生命中的珍貴時刻
- 我牧養受傷者的能力
- 我為人帶來和諧

處於人生的暴風雨時期，以下是我的避難處：

- 完成一些可以增強自信心的事情
- 身處大自然去體驗神在世界上的工作
- 客觀地評估發生了甚麼事，讓自己在艱難的處境下能有一個新開始。

追求靈命成長，我可以做以下的事：

- 用自己的方式去讓自己有屬靈的時間
- 弄清自己的價值觀，以致我懂得如何服侍別人。
- 界定並接受我信仰的理性依據，以致我更容易與別人溝通。

INFP

我會為以下的事物感恩：

- 我的理想主義，並對世界的希望。
- 提供精力讓我活得更深入和豐富的強烈想法
- 我經常意識到人生經驗的美麗與同步性
- 我如何重視屬靈旅程和其他讓生命有意義的事物的方式

處於人生的暴風雨時期，以下是我的避難處：

- 問自己「甚麼對我是最重要的？」然後作出改變，甚至是徹底的改變。
- 透過一個值得信任的人幫助自己客觀地看事物
- 透過寫日記、藝術創作或者在大自然散步默想，與自己對話。

追求靈命成長，我可以做以下的事：

- 獨處，增強自己對靈命的意識。
- 活出個人的真實性與完整性
- 在人生中增添理性和客觀，以致能更明白自己的內心。

Chapter Three

走進人生下半場，
16種MBTI性格如何發展「劣勢認知功能」

MBTI四種認知功能過程與人生下半場

我們透過做MBTI性格測驗得出自己的性格結果，是用四個英文字母來表達的。坊間已有不少有關這四個字母各自表達的性格特質資料及講解；除此之外，我們可以從結果中更加深入了解自己的「認知功能」（Cognitive Functions）如何形成不同的性格取向。

MBTI的四個分類，就是基於認知方式來設定，而這四個認知功能有強弱、主次之分。

主力（第一個過程）Dominant(first process)：我們最依賴的認知方式，通常是最有意識、最習慣的過程。

助力（第二個過程）Auxiliary(second process)：我們第二個接著依賴的認知方式，用於支援和平衡第一個認知方式。

主力（Dominant）是我們最依賴的心理功能，就像我們「個性汽車」的駕駛者一樣。例如某人性格取向是ENFP，那麼他們的主力認知方式就是「外向直覺」（Ne，即Extroverted Intuition），他們會自然而然地使用Ne來探索可能性並產生想法；當面臨壓力或挑戰時，往往會嚴重依賴他們的主力認知。若他們過度依賴Ne，就會造成心理不平衡。

助力（Auxiliary）支援及輔助主力認知，就像是我們「個性汽車」中的副駕駛。繼續以 ENFP 為例，他們的助力認知方式就是「內向情感」（Fi，即 Introverted Feeling），Fi 會幫助他們評估價值觀並做出決策。若過度使用助力認知方式，他們的價值觀可能會變得過於批判或僵化。

第一個和第二個認知方式是 MBTI 結果中間的兩個字母。以 ENFP 為例，就是 NF，NF 就是 ENFP 最喜歡的認知方式，是他們感覺最自然、最舒適的思考過程。

借力（第三個過程）Tertiary(third process)：通常較不常用，與第二個認知方式助力（Auxiliary）相反。以 ENFP 為例，助力是 Fi，因此借力就是 Fi 的相反 Te。

劣勢（第四個過程）Inferior(fourth process)：通常最少使用，其意識和發展程度較低，與第一個主力認知相反。以 ENFP 為例，主力認知是「外向直覺」（Ne），第四過程不適應認知就是 Si（Introverted Sensing）。

第三個和第四個認知不會出現在 MBTI 結果的字母中，因為這是測試者最不喜歡的認知方式——與測試結果中間的兩個字母相反，通常極少使用，但因此使用起來會更具挑戰性。

以下圖表幫助讀者最快找到自己的四個認知方式：

	ESFJ	ISFJ	ESTJ	ISTJ
Dominant	Fe	Si	Te	Si
Auxiliary	Si	Fe	Si	Te
Tertiary	Ne	Ti	Ne	Fi
Inferior	Ti	Ne	Fi	Ne

	ENFJ	INFJ	ENFP	INFP
Dominant	Fe	Ni	Ne	Fi
Auxiliary	Ni	Fe	Fi	Ne
Tertiary	Se	Ti	Te	Si
Inferior	Ti	Se	Si	Te

	ESFP	ISFP	ESTP	ISTP
Dominant	Se	Fi	Se	Ti
Auxiliary	Fi	Se	Ti	Se
Tertiary	Te	Ni	Fe	Ni
Inferior	Ni	Te	Ni	Fe

	ENTJ	INTJ	ENTP	INTP
Dominant	Te	Ni	Ne	Ti
Auxiliary	Ni	Te	Ti	Ne
Tertiary	Se	Fi	Fe	Si
Inferior	Fi	Se	Si	Fe

根據MBTI，性格發展是一個終生的過程，最理想的目標是各方面都能平衡和整合。以下我們將探討性格發展於人生的前半段和後半段是如何展開的。

前半生的性格發展：

在童年和青春期，我們自然地發展了主力和助力（Dominant and Auxiliary）認知過程，即我們是如何接收資訊和做出決定的偏好，來自環境的鼓勵或阻礙，都會影響這方面的發展。發展主力和助力認知過程時的舒適感，會構成我們自尊和自信的基礎。如果我們的天生優勢被培養，我們就會不斷成長；否則，我們可能會感到壓力和沮喪。

後半生的性格發展：

人生下半場有大大小小的人生轉變，這個階段可能令人興奮，也可能充滿壓力。若抗拒改變會導致僵化的人格特徵，因而過度使用主力和助力認知過程。踏入人生下半場，我們應該擴展自己的性格，或許正是時候延伸自我，學習發展我們非首選的第三個和第四個認知方式：借力和劣勢（Tertiary and Inferior）。儘管我們的先天性格類型保持不變，但我們的體驗和表達方式可能會有改變。

想像一下，第三個和第四個認知方式就像一個沙灘球在水下，如果環境不支援使用這些認知方式，緊張及壓力就會加劇，沙灘球會因此浮出水面。我們若有意識地利用所有認知方式（包括第三個和第四個過程）將有助於個人成長。

筆者在網上搜尋及整理了16種性格類型的人，在人生下半場有甚麼挑戰及應如何面對，並且每種性格的人如何在人生下半場發展第四個過程「劣勢」（Inferior）認知，讓生命得到平衡和健康的整合。

ENFJ 性格的人
在人生下半場有甚麼挑戰

ENFJ 在人生下半場可能面臨的挑戰

1. 過度關心他人：

ENFJ 喜歡幫助他人，但有時可能忽視自己的需求。在人生下半場，他們需要學會平衡關心他人和照顧自己。

2. 過度理想化：

ENFJ 常常追求理想，但有時可能過度理想化他人或情境。在人生下半場，他們應該保持現實，避免過度期望。

3. 自我犧牲：

ENFJ 可能在工作、家庭和社交中過度自我犧牲。在人生下半場，他們需要更加關注自己的需求，避免疲憊和壓力。

4. 人際關係挑戰：

雖然 ENFJ 擅長建立深層關係，但有時也可能感到被誤解或過度依賴他人的認可。在人生下半場，他們應該保持真實，並找到支持和理解自己的人。

總之，ENFJ 在人生下半場應該關注自我照顧、保持現實、避免過度理想化，並建立健康的人際關係。

ENFJ 如何在人生下半場發展 inferior function（劣勢認知功能）

ENFJ 踏入人生下半場，需要看看認知功能中的「內向思考」（Ti，Introverted Thinking，簡稱）這一部分，即 ENFJ 認知功能中的較弱環節。

內向思考（Ti）：

作為 ENFJ 的較弱功能，Ti 負責邏輯分析、批判性思維和解決問題。ENFJ 傾向將情感和人際關係置於客觀推理之上，因此可能在這一功能上遇到困難。

在人生的下半場，ENFJ 可以採取以下措施來發展內向思考：

學習邏輯分析——ENFJ 可以積極學習邏輯思維和分析技巧，以更好地應對問題和挑戰。

平衡情感和理性——ENFJ 應該意識到感性和理性之間的平衡，發展內向思考有助於更全面地看待問題。

自我反省——ENFJ 可以定期反思自己的決策和思維方式，以發現潛在的盲點。

ENFP 性格的人
在人生下半場有甚麼挑戰

ENFP 在人生下半場可能面臨的挑戰

1. 熱情與冒險：

ENFP 喜歡冒險，不甘心平凡。然而，這種熱情可能使他們忽略現實的問題，導致計劃無法持之以恆。在人生下半場，他們需要找到平衡，既保持熱情，又考慮實際問題。

2. 創意與多元興趣：

ENFP 擅長提出充滿創意的想法，但他們的興趣廣泛，或使他們難以專注於一件事情。在人生下半場，他們需要學會選擇並持之以恆。

3. 直覺與過度揣測：

ENFP 是直覺型的人，容易對別人的動機有過多揣測和期待。在人生下半場，學習於人際互動中使用直接的溝通可以避免誤會。

4. 不遵守規則：

ENFP 不喜歡受限制，可能不遵守傳統規則。在人生下半場，於職場或生活中需要找到一個平衡點，既保持自由，又能遵守必要的規則。

5. 情感化：

ENFP 容易受情緒影響，這在人生下半場可能導致壓力。在人生下半場，學會情緒管理和自我關懷是重要的。

總之，ENFP 在人生下半場需要保持熱情、創意和冒險精神，同時注意現實問題，以實現自己的夢想

ENFP 如何在人生下半場發展 inferior function（劣勢認知功能）

ENFP 在人生下半場發展他們的劣勢功能時，需要關注他們的內向感官（Si，Introverted Sensing）功能。讓我們深入瞭解一下 ENFP 的認知功能和劣勢功能。

外向直覺（Ne，Extraverted Intuition）：

作為 ENFP 的主力認知功能，外向直覺決定了 ENFP 更偏向於抽象思維而非具體思維，這令他們更關注未來而非現在。ENFP 通過 Ne 看到世界是一個充滿無限機遇的地方，因此他們好奇、充滿活力，並願意探索舒適區之外的事物。

內向感性（Fi，Introverted Feeling）：

作為助力認知功能，內向感性幫助 ENFP 理解自己的價值觀和情感，使他們對人際關係和道德問題敏感，也是影響他們決策過程的重要因素。

外向思考（Te，Extraverted Thinking）：

作為第三個認知功能，外向思考使 ENFP 能夠在需要時運用邏輯和組織能力，有助他們在工作和日常生活中更有效地處理任務。

內向感官（Si，Introverted Sensing）：

這是 ENFP 的劣勢功能，通常在 30 歲左右開始發展。內向感官幫助 ENFP 評估以往經驗並識別其中的模式，使他們能夠將當前經驗與先前知識聯繫起來，從而清楚地瞭解事物的發展。是 ENFP 主力認知外向直覺（Ne）的一種平衡，令他行事做人更加「落地」。

ENFP 在人生下半場應該注意培養內向感官功能，關注過去的經驗和模式，以實現更全面的個人發展。平衡情感和理性——ENFJ 應該意識到感性和理性之間的平衡，發展內向思考有助於更全面地看待問題。

自我反省——ENFJ 可以定期反思自己的決策和思維方式，以發現潛在的盲點。

ENTJ 性格的人 在人生下半場有甚麼挑戰

ENTJ 在人生下半場可能面臨的挑戰

1. 高目標的追求：

ENTJ 喜歡設定高目標，並相信只要有足夠的時間和資源，他們可以實現任何目標。然而在人生下半場，這種追求可能會變得更具挑戰性，因為時間和體力有限。在人生下半場，解決之道是保持目標的合理性，並選取最重要的目標。

2. 情感表達的挑戰：

ENTJ 不擅長情感表達，可能會在人際關係中遇到困難。在人生下半場，應該學習更加關心他人的情感，並尋求建立深厚的人際關係。

3. 過度自信：

ENTJ 常常自信滿滿，但這也可能導致忽視其他人的意見。在人生下半場，他們應該保持謙虛，學習聽取他人的建議。

4. 工作與家庭平衡：

ENTJ 在事業上非常投入，但這可能影響到家庭和個人生活。在人生下半場，需要學會平衡工作和家庭，並給予家人足夠的關心和時間。

總之，ENTJ 可以通過保持目標的合理性、學習情感表達和平衡工作與家庭來克服人生下半場的挑戰。

ENTJ 如何在人生下半場發展 inferior function（劣勢認知功能）

ENTJ 的劣勢功能是內向感性（Fi，Introverted Feeling），儘管位於 ENTJ 的認知功能中最低位置（第四），但仍然影響著 ENTJ 的個性。這個功能解釋了為甚麼ENTJ不太情緒化——不僅是因為他們的情感功能內向，而且也處於他們認知功能中的劣勢位置。

內向感性（Fi）是一個內省的功能，讓 ENTJ 評估自己對某事的感受。當他們思考對個人而言有意義或重要的事物時，他們也會使用這個功能，而不管其他人想要或認為甚麼。

ENTP 性格的人
在人生下半場有甚麼挑戰

ENTP 在人生下半場可能面臨的挑戰

特質：

1. **好奇心旺盛**：ENTP 喜歡挑戰現有的慣例，對未知的事物充滿好奇心。

2. **思路敏捷**：ENTP 能快速掌握大量資訊，知識豐富且富想像力。

3. **喜歡辯論**：ENTP 喜歡為自己感興趣的話題進行辯論，但也容易引起爭執和衝突。

4. **不喜歡墨守成規**：他們討厭枯燥乏味的工作，注意力容易分散。

挑戰：

細心不足：ENTP 喜歡快速思考決策，容易忽略重要細節。

容易引起爭執：由於直率的性格，他們容易觸碰到別人的底線。

過於理性：重視邏輯觀點，有時會忽視別人的感受。

建議：

保持耐心：在表達自己的意見時，多考量他人的感受，避免過於直接或批評性。

持之以恆：不要因工作乏味而放棄，發展出實際遵循優先事項的意願。

ENTP 如何在人生下半場發展 inferior function（劣勢認知功能）

ENTP 在人生下半場發展他們的劣勢功能時，需要理解他們的內向感官（Si，Introverted Sensing）如何影響他們的決策和行為。

內向感官（Si）的特點：

Si 是一個關注過去經驗、記憶和細節的功能。ENTP 的 Si 功能通常不是他們的強項，因為他們更喜歡探索新的想法和可能性。

發展 Si 的方法：

回顧過去：ENTP 可以花些時間回顧過去的經驗，思考自己的成長和學習。

建立習慣：培養一些健康的習慣，例如定期運動、保持規律的作息和飲食。

注意細節：在日常生活中，留意細節，例如時間管理、組織和計劃。

避免 Si 的陷阱：

過度沉溺過去：ENTP 應該避免過度沉溺於過去的回憶，而是專注於當下和未來。

過度保守：Si 可能使他們變得過於保守，不願意嘗試新事物；他們應該保持開放心態。

ENTP 需要平衡他們的探索精神和內向感官，以實現全面的個人成長。

ESFJ 性格的人
在人生下半場有甚麼挑戰

ESFJ 在人生下半場可能面臨的挑戰

1. 過度關注他人的需求：

ESFJ 傾向於照顧他人，但有時會忽視自己的需求。在人生下半場，他們應該學會平衡關心他人和照顧自己，以避免犧牲自我。

2. 容易受他人影響：

ESFJ 對他人的看法和情緒很敏感，有時會迷失自我。在人生下半場，建議他們保持自信，不要過度依賴外界的認可。

總之，ESFJ 在下半場的人生中，需要找到平衡他人需求和自身成長的方法，保持自我光芒的綻放，並繼續照顧身旁的關係人

ESFJ 如何在人生下半場發展
inferior function（劣勢認知功能）

ESFJ 的內向判斷（Ti，Introverted Thinking）正是他們的劣勢功能，以下將探討 ESFJ 如何在人生下半場發展這個功能。

1. 理解自己的弱點：

ESFJ 需要意識到 Ti 是他們的弱點，並接受這一事實。了解 Ti 的作用和影響，以及如何處理，是發展的第一步。

2. 培養邏輯思維：

ESFJ 可以透過閱讀、學習和討論理性的主題來培養 Ti，有助於提高他們的邏輯思考能力。

3. 挑戰自己：

ESFJ 應該主動尋找機會，挑戰自己的思維方式。例如嘗試解決抽象的問題或參與哲學討論。

4. 平衡 Fe 和 Ti：

ESFJ 的主力認知功能是外向感性（Fe，Extraverted Feeling），他們應該學會平衡 Fe 和 Ti，不僅關心他人，也關心自己的內在需求。

ESFJ 可以通過認識自己的劣勢認知功能，培養邏輯思維，挑戰自己，並平衡不同功能，來發展自己。

ESFP 性格的人
在人生下半場有甚麼挑戰

ESFP 在人生下半場可能面臨的挑戰

1 社交焦慮：

ESFP 是社交型的人，但隨著年齡增長，他們可能會感到社交壓力。在人生下半場，他們應該保持活躍，參加社交活動，但也要學會平衡，不必追求完美。

2. 尋找新刺激：

ESFP 喜歡冒險和新鮮感，但隨著年齡增長，他們可能會渴望更穩定和安全的生活。在人生下半場，他們可以尋找新的興趣，例如學習新技能或旅行，以保持活力。

ESFP 如何在人生下半場發展
inferior function（劣勢認知功能）

內向直覺（Ni）：

ESFP 的劣勢認知功能是內向直覺（Introverted Intuition），在人生下半場，他們可以探索更深層次的思考，思考人生的意義、目標和價值觀。閱讀哲學、心靈成長書籍，參加默想或靜心練習都是不錯的方法。

總之，ESFP 可以通過保持社交活躍、尋找新刺激，並發展內向直覺來應對人生下半場的挑戰。

ESTJ 性格的人
在人生下半場有甚麼挑戰

ESTJ 在人生下半場可能面臨的挑戰

1. 情感連接：

ESTJ 通常注重實際、邏輯和效率，但在人生的下半場可能需要更多關注情感連接。在人生下半場，他們應學習表達情感、理解他人的感受，以及建立更深層次的人際關係。

2. 靈活性：

ESTJ 傾向於堅持自己的計劃和決策，但在職業、家庭、健康等變化不斷的後半生階段，靈活性變得尤為重要。在人生下半場，他們需要適應新環境、新技術和新觀念。

3. 自我關愛：

ESTJ 通常關心他人，但有時會忽視自己的需求。在下半場 ESTJ 傾向於忽視自己的身體需求，因為他們總是忙於工作和責任。在人生下半場，要注意健康飲食、鍛鍊和休息，亦應該學會照顧自己的身心健康。

4. 反思和成長：

ESTJ 喜歡實際行動，但在人生下半場，要多花時間反思自己的人生，並思考成長和改進的機會。

心靈成長書籍，參加默想或靜心練習都是不錯的方法。

總之，ESTJ 可以在人生的下半場保持開放心態，繼續學習和成長，同時關心自己和他人。

ESTJ 如何在人生下半場發展 inferior function（劣勢認知功能）

內向感性（Fi，Introverted Feeling）：

Fi 是 ESTJ 最少發展的認知功能，這個認知方式能幫助他們評估情況，看看事物是否符合自己的價值觀和信仰。Fi 可以作為警告系統，當 Te（外向思考，Extraverted Thinking）做出邏輯上合理的決策時，Fi 可能會警示這是個不好的主意。然而，由於 Fi 是 ESTJ 最弱的功能，他們通常會先用 Te 迅速做出決策，然後再考慮如何影響他人的情感或是否符合自己的價值觀。

在人生的下半場，ESTJ 可以嘗試以下方法來發展內向感性認知功能：

1. 自我反思：

花時間思考自己的價值觀、信仰和情感，瞭解自己內心的需求和願望。

2. 傾聽內心：

在做決策時，不僅考慮邏輯和效率，也要關注內心感受。問問自己：「這個決策是否與我的價值觀一致？」

3. 培養同理心：

努力理解他人的情感和需求；與他人建立更深層次的聯繫，不僅僅是工作和責任。

4. 接受情感的存在：

不要抑制自己的情感，而是學會接受；情感是人類的一部分，也是 ESTJ 成長的一部分。

記住，發展內向感性功能需要時間和努力，但可以幫助 ESTJ 更全面地理解自己和他人。

ESTP 性格的人
在人生下半場有甚麼挑戰

ESTP 在人生下半場可能面臨的挑戰

1. 保持冒險心態：

ESTP 喜歡充滿變化和刺激的生活；在人生下半場，不要害怕探索新事物、旅行、學習新技能或挑戰自己。

2. 保持適應能力：

ESTP 擅長應對變化，但也要學會適應身體和心理上的變化。在人生下半場，應保持健康的生活方式，並適應年齡相關的變化。

3. 容易 3 分鐘熱度：

ESTP 的行動力有時屬於衝動決定，因為他們往往欠缺長遠計劃和思考，這可能導致他們在某些情況下出現 3 分鐘熱度，或因衝動而許下某些承諾卻無法確實完成。

4. 保持社交連結：

ESTP 通常具有良好的人際交往能力，所以保持社交連結對於心理健康和幸福感很重要。

總之，ESTP 在人生下半場應該保持冒險心態、適應能力、挑戰性目標和社交連結，以充分發揮他們的潛力

ESTP 如何在人生下半場發展 inferior function（劣勢認知功能）

ESTP 的劣勢認知功能是內向直覺（Ni，Introverted Intuition），即通過直覺洞察力去理解世界；Ni 的相反是 Se（外向感官，Extraverted Sensing），即通過感官理解世界。

簡單來説，ESTP 在人生下半場可以考慮以下方法來發展內向直覺（Ni）：

1. 自我反思和深入思考：

ESTP 傾向於活在當下，但發展 Ni 需要更多的內省和深度思考。嘗試給自己一些時間，思考過去的經驗、未來的目標和人生意義。

2. 探索心靈成長：

ESTP 可以探索默想、靈性實踐、心靈導師或心靈導讀，這些方法有助於培養直覺洞察力。

3. 閱讀有關直覺和深度思考的書籍：

筆者的作品可能是一個不錯的選擇，大多涵蓋了心靈成長和直覺洞察力的主題。

ESTP 可以通過自我反思、探索心靈成長和閱讀相關書籍來發展 Ni，以平衡人格特質。

INFJ 性格的人
在人生下半場有甚麼挑戰

INFJ 在人生下半場可能面臨的挑戰

不同感：

INFJ 常常感到自己與大多數人不同。他們內心豐富，渴望找到人生目的，但這使得他們有時難以融入周圍的環境。

過度理想主義：

INFJ 對道德標準和社會議題非常關心，但有時可能過度追求理想，忽略了自己的需求，導致壓力和疲憊。在人生下半場，他們可以學習放鬆，尋找心靈平靜，例如透過默想和在大自然中散步。

自我犧牲：

INFJ 常常願意幫助他人，但有時會忽視自己的需求。在人生下半場，他們需要學會平衡關心他人和照顧自己。

社交挑戰：

雖然 INFJ 可以建立深層關係，在下半場他們或會更加重視與家人、朋友和伴侶之間的連結，並投入更多時間和精力。但他們也可能感到被誤解或與世界格格不入。在人生下半場，他們需要找到平衡，保持社交聯繫，同時保護自己的能量。

追求創造性興趣：

INFJ擁有豐富的內在世界，喜歡創造和表達。在人生下半場，他們可以追求創作、寫作、藝術或其他創意領域的興趣。

總之，INFJ在人生下半場應該關注自我照顧、避免過度理想主義，並找到平衡，以實現內心的目標和外在的人際關係。

INFJ如何在人生下半場發展 inferior function（劣勢認知功能）

INFJ的劣勢認知功能是外向感官（Se，Extravered Sensing），以下是INFJ在這方面可能遇到的挑戰和建議：

感知世界的挑戰：

Se是INFJ最不擅長的認知功能，涉及與現實世界的互動。在人生下半場，INFJ可以嘗試更加關注外部環境，例如注意家居佈置、物品的位置，以及身邊的細節。

平衡內外世界：

INFJ 常常沉浸在內心世界，思考未來或回顧過去。在人生下半場，他們需要學會更多地活在當下，關注外在的感知和實際經驗。

探索身體感受：

Se 也涉及身體感知，例如運動、飲食、藝術和美學。INFJ 可以嘗試更多地關注身體需求，例如運動、欣賞藝術作品，或品味美食。

INFJ 在人生下半場可以通過更加關注外在世界、平衡內外世界，以及探索身體感受來發展 Se。

INFP 性格的人
在人生下半場有甚麼挑戰

INFP 在人生下半場可能面臨的挑戰

1. 社交疲勞：

INFP 獲得能量的方式來自於自己，因此社交能量相當有限；和不熟的朋友交談可能讓他們感到體力耗盡，渴望回家休息；同時，INFP 擅長與人建立深刻的情感連結。在人生下半場，INFP 應尋找能夠支持自己成長並與之分享共鳴的人。

2. 內在挑戰：

INFP 是一個很複雜的人格類型，他們常常自我質疑，容易感到自卑敏感，並在空想中迷失。然而，這些特質也使他們成為創意的天才，例如詩人、作家、演員和藝術家。在人生下半場，應該保持這種創意的活力。

3. 尋找意義：

INFP 渴望過有意義的生活，追求個人意義和個體表達。在人生下半場，可能更加關注人生的目的和價值，並試圖找到更深層次的意義。

4. 情感的沉重：

INFP 對音樂、藝術、大自然和周圍的人有深刻的情感反應。然而，這也可能使他們容易受到他人情緒的影響。在人生下半場，需要學會設定界限，以免被他人的負面情緒所壓垮。

總之，INFP 在人生下半場可能面臨的挑戰包括社交疲勞、內在挑戰、尋找意義和情感的沉重。然而，正是因為他們豐富的敏感性和深刻的創造力，他們具有獨特的潛力，能夠深入連結並引發積極的改變。INFP 應謹記自己的獨特價值，並尋找那些能夠支持自己成長的方法。

INFP 如何在人生下半場發展
inferior function（劣勢認知功能）

外向思考（Te，Extraverted Thinking）：

外向思考關注做出選擇或採取行動，以在環境中創造和諧，考慮文化價值體系、社會標準以及每個決策對他人的影響。

對於 INFP 來說，外向思考是其劣勢功能，通常不太被使用。然而，這並不意味著它無法發展。在人生下半場，INFP 可以：

1. 學習更有效地組織和計劃，以實現目標。
2. 培養更好的時間管理和結構化能力。
3. 接受外界的建議，並學會更好地與他人合作。

INTJ 性格的人
在人生下半場有甚麼挑戰

INTJ 在人生下半場可能面臨的挑戰

1. 獨立性和孤獨感：

INTJ 喜歡獨立工作，並且在面對挑戰時表現出色。然而，這種獨立性有時會讓他們感到孤獨，因為很難找到志同道合的同伴。在人生下半場，INTJ 可以尋找與自己理念相符的社群，或者培養更多的人際關係，以減輕孤獨感。

2. 過度分析和完美主義：

INTJ 善於分析問題，但有時會陷入過度思考的陷阱。在人生下半場，他們需要學會放鬆，接受不完美，並尋求平衡；不要讓完美主義成為阻礙自己成長的障礙。

3. 人際關係：

INTJ 需要學習與他人合作，表達情感，並接受他人的不完美。在人生下半場，建立良好的人際關係和支持系統至關重要。

總之，INTJ 可以通過保持開放心態、學習適應性，以及尋求平衡來克服人生下半場的挑戰

INTJ如何在人生下半場發展 inferior function（劣勢認知功能）

INTJ 的劣勢認知功能是外向感官（Se，Extraverted Sensing），但在人生下半場，Se 可能開始發揮更重要的作用，以下讓我們深入了解一下。

外向感官（Se）：

Se 關注當下的感知，包括外部環境和身體內部的感覺，即注意細節，比較過去和現在，並觀察變化和模式。

INTJ 的主力認知功能是內向直覺（Ni，Introverted Intuition），擅長看到大局，理解深層模式和因果關係。然而，這也使 INTJ 有時與現實世界脫節，忽略細節和感官需求。

在人生下半場，INTJ 可以透過以下方式發展 Se 的功能：

1. 超級專注：

Se 允許 INTJ 在手頭的任務上超級專注，提高效率，這是一個自然而然的過程，無須太多努力。

2. 適應變化和壓力：

劣勢功能通常在巨大變化或壓力下被觸發，INTJ 可以主動探索新環境，嘗試新事物，培養 Se 的能力。

INTJ 可以通過有意識地培養 Se，更好地與現實世界互動，並在人生下半場中實現更全面的成長。

INTP 性格的人 在人生下半場有甚麼挑戰

INTP 在人生下半場可能面臨的挑戰

1. 社交壓力：

INTP 傾向於獨立和內向，但在職場或社交場合中，他們可能需要更多的人際互動。在人生下半場，可能需要更好地平衡獨處和社交需求。

2. 人際關係：

INTP 在感情上可能較為保守，但在人生的後半段需要建立深厚的人際關係。在人生下半場，尋找理解和支持自己的伴侶以及維護友情對他們來說很重要。

3. 身體健康：

INTP 傾向於忽視身體健康，因為他們更關注思考和創造。在人生下半場，他們應該更加關注健康、鍛鍊和飲食。

INTP 如何在人生下半場發展 inferior function（劣勢認知功能）

INTP 的劣勢認知功能是外向感性（Fe，Extraverted Feeling），以下將探討一下 INTP 如何在人生的下半場發展這一認知功能。

1. 理解外向感性：

Fe 關注於在環境中創造和諧，考慮文化價值體系、社會標準以及每個決策對他人的影響。作為 INTP 可能覺得這個認知功能無趣或無意義，因為這會把 INTP 拉開其主力功能內向思考（Introverted Thinking）。

2. 培養同理心：

嘗試理解他人的情感和需求，與他人建立深厚的人際關係，並關心他們的情感狀態，這有助於發展 INTP 的 Fe。

3. 實踐社交技巧：

主動參與社交活動，學習與他人交流、合作和解決衝突。

4. 自我觀察：

注意自己在社交場合中的行為和反應，評估你的情感表達方式，並思考如何更好地運用 Fe。

通過理解外向感性，培養同理心，實踐社交技巧並進行自我觀察，INTP 可以在人生的下半場發展劣勢認知功能，更好地與他人建立聯繫。

ISFJ 性格的人
在人生下半場有甚麼挑戰

ISFJ 在人生下半場可能面臨的挑戰

1. 過度責任感：

ISFJ 傾向於對周圍的人和事物負責，可能會過度承擔責任。在人生下半場，他們可能會感到疲憊，需要學會放鬆並尋求平衡。

2. 不願改變：

ISFJ 喜歡穩定和傳統，但在人生的後半段，變化是不可避免的。在人生下半場，他們需要適應新的環境、角色和身分。

3. 自我否定：

ISFJ 常常低估自己的成就，容易忽視自己的需求。在人生下半場，他們應該學會更好地關心自己。不要總是把別人放在第一位。

ISFJ 如何在人生下半場發展 inferior function（劣勢認知功能）

ISFJ 的（劣勢認知功能）是外向直覺功能（Ne，Extraverted Intuition），可以通過以下方式發展：

1. 探索新領域：

嘗試新的興趣愛好、閱讀不同類型的書籍，參加創意活動，以拓寬視野。

2. 與不同的人交往：

與不同性格類型的人交往，瞭解不同的觀點和思維方式。

3. 培養創造力：

嘗試創造性的解決問題的方法，思考不同的解決方案。

通過這些方法，ISFJ 可以逐漸發展 Ne，增強自己的全面能力。

ISFP 性格的人
在人生下半場有甚麼挑戰

ISFP 在人生下半場可能面臨的挑戰

1. 過度注重情感：

ISFP 可能因過於注重自己的情感而忽略現實中的問題，導致在某些情況下缺乏果斷性。

2. 抵抗改變：

ISFP 喜歡活在當下，但在面對人生變化時，靈活調整自己的行動和思維方式。

3. 避免衝突：

ISFP 擅長觀察和了解他人的情感，具有同理心。雖然追求和平是優點，但有時過度避免衝突可能阻礙個人成長。

ISFP 如何在人生下半場發展 inferior function（劣勢認知功能）

ISFP 的劣勢認知功能是外向思考（Te，Extraverted Thinking），即通過更理性、實際的方式處理問題，而不僅僅依賴情感。以下是一些建議：

1. 培養組織能力：

學習制定目標、計劃和組織事務，以更有效地應對人生挑戰。

2. 主動尋求新知識：

ISFP 可以通過閱讀、學習和探索來拓寬自己的知識領域，進一步發展 Te 功能。

3. 參與團隊活動：

加入團隊、合作項目或社交活動，以增強與他人合作的能力。

ISFP 在人生下半場可以通過平衡情感和理性，以及積極發展次級功能，實現更全面的成長和滿足

ISTJ 性格的人
在人生下半場有甚麼挑戰

ISTJ 在人生下半場可能面臨的挑戰

1. 適應變化：

ISTJ 傾向於遵循傳統和已知的方法，對於變革和新想法可能持保留態度。在人生下半場，他們需要學習適應變化，接受新的情況，並開放心態地面對改變。

2. 平衡工作和生活：

ISTJ 可能全身心地投入工作，但他們也需要注意平衡工作和生活。在人生下半場，給自己一些休息和放鬆的時間，以保持身心健康。

3. 提升溝通技巧：

ISTJ 人格需要提升溝通技巧，特別是在團隊合作和領導方面。在人生下半場，多學習表達自己的觀點，聆聽他人的意見，並適應不同的人際關係。

ISTJ 如何在人生下半場發展 inferior function（劣勢認知功能）

ISTJ 的劣勢認知功能是外向直覺（Ne，Extraverted Intuition），Ne 可以幫助 ISTJ：

- 探索新的想法和可能性
- 開放心態地接受不同的觀點
- 培養創造性和靈活性

在人生下半場，ISTJ 可以通過以下方式發展劣勢認知功能：

- 閱讀不同類型的書籍，尤其是關於創意、哲學和心靈成長的書籍。
- 參加工作坊、課程或社交活動，以拓寬視野。
- 與不同背景的人交流，學習新的觀點和方法。

ISTJ 在人生下半場可以通過適應變化、平衡工作和生活，以及發展 Ne 來克服挑戰，實現個人成長和成功。

ISTP 性格的人
在人生下半場有甚麼挑戰

ISTP 在人生下半場可能面臨的挑戰

ISTP 通常是冷靜、理性、實際的思考者，喜歡解決問題和探索新的挑戰。ISTP 喜歡自由和靈活的工作環境，適應不同的場景和變化，並且能夠快速適應新的挑戰和要求。

1. 溝通能力：

ISTP 傾向於內向，可能不善於表達自己的想法和情感，這可能導致人際之間的溝通困難。

2. 耐心：

ISTP 通常對於重複和冗長的任務缺乏耐心，更喜歡追求新的挑戰和刺激。

3. 過於冷靜：

在處理壓力和緊張情況時，ISTP 可能顯得過於冷靜，給人一種缺乏關心和熱情的印象。

ISTP 如何在人生下半場發展 inferior function（劣勢認知功能）

ISTP 的劣勢認知功能是外向感性（Fe，Extraverted Feeling），Fe 讓 ISTP 可以通過與他人建立更深層次的情感聯繫來平衡自己的冷靜和理性。

在人生下半場，ISTP 可以嘗試以下方法來發展 Fe：

1. 培養人際關係：

主動與他人交往，分享情感和體驗，學會表達關心和熱情。

2. 關注他人的需求：

關心他人，幫助他人，培養同理心。

3. 參與社交活動：

參加社交聚會、團隊活動，鍛鍊社交技能。

ISTP 在人生下半場需要注意溝通能力、耐心和情感表達。發展劣勢認知功能可以幫助 ISTP 更好地適應和發展在職場和人際關係中。挑戰，實現個人成長和成功。

Chapter Four

負面不等於可恥

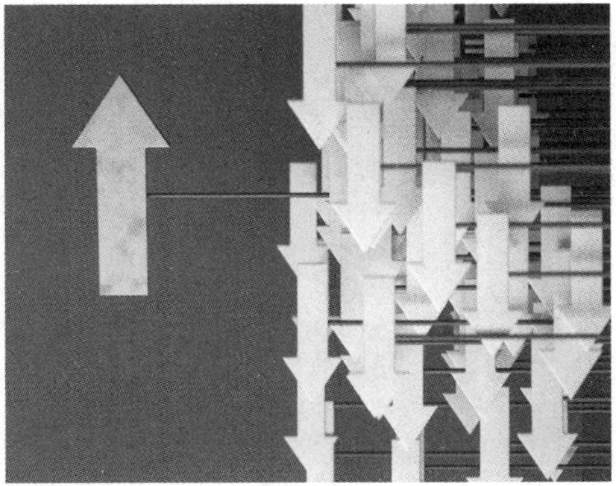

中年一定會出現危機嗎？

「中年」與「危機」似乎是一對經常走在一起的名詞，中年一定會出現危機嗎？而很多時候，人們心目中的中年危機亦與婚外情拉上關係，泛指當中年夫婦走到這階段，感情容易變得平淡，而男士們為了證明自己仍然有吸引力，婚外情是十分容易發生。

嚴格來說，中年危機不是單指中年夫婦的婚姻關係出現問題，是中年人走到這人生階段時在個人、事業和家庭生活上起的轉變，他能否在轉變的壓力中，重新找到自己的定位。

雖然外國很多數字指出中年危機的普遍，但亦有不少調查指出中年是人生的一個過渡期，大部分人經過緩慢和溫柔的過程，都能接受這人生階段帶來的轉變，並作出相應的適應，並不一定會帶來急劇和痛苦的危機。對不少人來說，經過艱苦的事業開創和幼年兒女慢慢成長，夫婦關係甚至由低谷回升，尋回婚姻的滿足；加上人生智慧的累積，身體亦未衰老至行動不便，有人甚至認為中年是一生中最美好的時段呢！

中大的石丹理博士多年前發表過一份中國人中年危機的報告，同樣發覺中年危機的情況，不像外國某些研究般嚴重。現將報告中的「中國人中年危機量表」翻譯如下，給大家作自我檢視。

- 我知道如何善用餘暇。
- 我越來越發現，與子女相處的困難。
- 我照顧年老的親人感到很大的壓力。
- 我沒有為年老後的經濟困難擔心。
- 以現在的年紀，我為自己仍未有成就而失望。
- 我滿意自己的兒女。
- 我滿意現在的工作。
- 我沒有為年老的生活而擔心。
- 我越來越發現，我工作的刻板和沉悶。
- 我感到我沒有足夠時間去完成自己想做的事。
- 若我再活一次，我會選擇自己現在的職業。
- 我越來越對自己為何生存感到不肯定。
- 若我再活一次，我會選擇單身。
- 若我再活一次，我會選擇生兒育女。
- 我的健康，慢慢衰退。

問卷的題目顯示出來的都是一個人在人生下半場中常見的問題，包括是否滿意自己上半場的成就？有未能完成的夢想嗎？在工作、家庭和餘閒間是否有張力？與上一代和下一代的關係如何？自己在身心靈起變化時的適應如何？展望將來又是否有盼望？

我們可以從這是每個中年人都會遇到的發展性任務（Developmental Task）來看這些問題。既然知道這是我們每個人必經的階段，我們就可以預早規劃自己的人生，面對那些預期出現的中年危機的挑戰。例如，少年子女容易反叛，我們在這階段要調校管教的策略，多點放手。身體容易出現問題，我們便要多作運動和注意飲食，這些都是可以防範的。

不過人生亦有一些是意外的事件，例如中年被解僱、父母突然去世、配偶患大病等，我們就要沉著應付，尋找身邊人的支援、憑著信仰給予我們的信念和盼望，去渡過這些人生大大小小的難關。

中年危機的同路人

無疑，每一個人面對的中年危機都是獨特的，沒有人能代替你去經歷，但獨自一人面對，難免有一種孤單的感覺。原來，在危機當中有人相伴和支持是十分重要的，我們稱為社交上的支持。

社交支持（social support）是社會科學研究的重要概念，與心理健康是息息相關的。一個孤立無援的個體面對壓力或疾病的能力，遠遠不及一個有足夠支援系統（Support System）的人。

在心理輔導的個案工作中，其中一項必須評估求助者狀況的，就是他/她有沒有足夠的支援系統。一個有足夠支援系統的人，可以從這些支援網絡中，得到實際的支援（Tangible Support），如經濟上、實務上的協助等，以及情感上的支持（Emotional Support），包括一雙善於聆聽的耳朵，一句鼓勵的說話，寂寞時的友伴等。

教會作為我們第二個家，當弟兄姊妹有困難的時候，我們能發動的支援，不論是實際或情感的支持，都是十分足夠的。教會內也有恆常的家訪、關顧、探病等事工，經常返教會的信徒，他/她會較容易及較多機會得到各類型的幫助，這些支持能助他/她跨越當前的困難。

我想最能提供支持的，莫過於一些處境相同的人走在一起。很多問題都有相似的經歷，不用花太多唇舌就能有共鳴和安慰。

曾在教會中舉辦一個失婚中年男士的小組，為期一年。效果十分理想。因為組員失婚的日子雖有長有短，但同樣面對與前妻處理子女撫養和探視權的問題，想不到一向給人壓抑、寡言形象的男士，六、七位背景相同的男人，可以暢所欲言，毫無阻礙的細訴他們失婚的經歷，當中不乏流下男兒淚的例子。

記得當中有一位弟兄，在開組過程中，能夠與妻子復合，整組人都為他高興，一起祝福他。

男人面對失婚也有寂寞的時候，在小組時間以外，他們都扮演友伴的角色，相約到餐廳飲茶，或到體育館玩樂，多了一份弟兄情誼，他們也因此較容易接受失婚的情況，有一些更積極尋找新的對象，考慮再婚。一班同路人也會給一些具體意見。這是同路人能發揮的情緒支持作用的一個很好的例子。

逆境中常存盼望

人生中有不少困難是歷時相當漫長的，例如陪伴長期病患的親人走人生最後一程，或者等待反叛的少年成長等。

在困境中，最難熬應該是曠野期，光明的前景還未出現，能在混亂或迷茫中仍存盼望，不放棄，繼續堅持下去，是十分重要的生命素質。

心理學家 C.R.Snyder 在 *The Psychology of Hope* 一書中，提出了盼望的一條公式，他認為：

盼望＝意志力 + 達到目標的尋解動力
（Hope = Will power + Way Power）

這大概是指在逆境中要有毅力、不放棄和堅持下去的鬥志，以及有能力找到解決問題的方法，以致逆境的出路慢慢呈現。

不過，我更喜歡基督徒輔導家 E.Worthington 的修正，他增加了等候的元素（Wait power），修正後的公式是：盼望＝意志力＋尋解動力＋即使沒有改變的等候力。

《聖經》中約瑟的故事，最能將這盼望的元素表達出來。

約瑟本來是天之驕子，因家庭的偏愛事件，他被賣到埃及為奴，及後被主母誣告入獄，但他一直沒有放棄自己，在主人家中或獄中，他都能辦好手頭的工作，得到別人的賞識，《聖經》指出是神與他同在，使他各樣事情都亨通，但他卻未能脫離困境。

在獄中，他主動為酒政和膳長解夢，並主動要求酒政要記著他，為他伸冤，但酒政復職後卻忘記了他，直至法老被夢困擾之後，他才想起約瑟，約瑟要多等兩年，才能夠扭轉他的逆境，這就是約瑟發揮等候力的作用。

神其實是有祂自己的時間，試想酒政出監就為約瑟說好話，因為沒有迫切性，法老未必會釋放他甚至重用他，要多等兩年是有重大意義的。當然，等候的期間是無助和痛苦的，但我們有信仰的人，相信神有祂自己作事的時間，祂叫萬事互相效力，我們的等候並不是徒然的。在逆境中常存盼望的基礎是相信神有恩典和憐憫。

所以，當中年遇上一些逆境，我們就要從同路人和信仰中給予我們盼望去面對，相信逆境過後是另一片藍天。

正面看中年人的壓力

雖然常說精彩下半場，實際上還有不少中年人需要面對沉重的生活壓力，擺盪於生活大小的壓力下，真不知道應該向左走還是向右走。

我們面對壓力不外乎四個進路。

第一是剔除壓力的來源，例如宣布破產可能是嚴重負債的一種解脫，但中年的壓力，並不能輕易剔除。例如在工作不穩定的年代，縱然工作的壓力巨大，也不敢輕舉妄動，中年人轉工的考慮可不少，不像年輕時般灑脫。所以剔除壓力來源的進路雖然徹底，但並不是輕易可以實行。

第二個進路是減去因壓力帶來的生理反應，腰酸背痛、肌肉拉緊等都是壓力的生理反應，指壓、腳底按摩、游水等都是有效減少身體壓力的良方。可是效果並不長久，壓力再出現，也容易再次跌進壓力的生理反應中，所以這進路，可說是治標不治本。

第三個進路是尋找面對壓力的支持，找朋友傾訴，在禱告中向神呼求，都能夠將心中的情緒釋放。學習將壓力交給神，所謂“Let go, let God”。這進路不妨多用，在朋友和神的關係中，獲得支持和被承托的力量。

第四個進路是改變自己面對壓力來源的看法。在同一個壓力的境況下，不同的人有不同的反應，有人「先天下之憂而憂」，有人卻「天跌下來當被蓋」。怎樣看同一件事，可以有很不同的反應。曾經跟友人談到中年人所處的負面狀態，例如對生命容易產生不滿；走到中年，感到迷失方向；看到年輕的伙子，慨嘆自己青春不再；越來越感受到人生的限制，很多事情不能盡如人意。但其實每一樣中年人負面處境背後，都可以有一些正面的意義，找到箇中正面的看法，壓力也自然輕省得多。試想想，對生命的不滿能帶來改變的動力，方向迷失驅使我們去尋索新的路向，青春不再能叫我們看重生命累積來的智慧而看輕體力，人生的限制迫使我們在有限中，選取有意義的事情去做，生命變得更聚焦。或許這種從負面處境找到正面意義，也是中年人智慧所在。

常常謹記詩篇第九十篇十五節的提醒：「求祢照著祢使我們受苦的日子，和我們遭難的年歲，使我們喜樂。」受苦和遭難，只要帶著神的眼光去看世事，這些看似負面的經歷，其實可以是我們快樂的泉源。生命精彩的地方，就在這奇妙的矛盾裡面體驗出來。

如何面對中年的失落感

對於一個中年人來說，去參加一些喜慶或甚麼周年紀念的聚會，其實可以是一種壓力。例如看到別人嫁女了，自己年紀不少的女兒或兒子還待在家中要自己照顧，都會給自己一些莫名的低落感。又或者看到一些夫婦結婚周年紀念，自己仍然是單身一人面對情感的寂寞。人生真的有不少令我們失落的感覺。

我想這些失落感不少是來自與人比較而生的，他們有的東西，自己卻沒有，在顧影自憐的情況下，一些悲苦的感受就油然而生。

我又想這些失落感可能是來自片面的比較。舉參加朋友的結婚周年紀念為例，想著自己仍然孤身一人，沒找到終身的對象，要很努力的去面對寂寞，和編排一個人的活動。我們只看到人有自己無的一面。對於一個已婚的人來說，建立家庭的過程、子女成長的困難、夫婦性格不協調、生活被家庭生活所困、缺少個人的自由的一面，我們總不會在結婚周年的喜慶日子說太多吧！我們更不要提有不少不快樂的婚姻，是離婚收場的。我們若看真一點，那失落感可以減半。

又或者我們仍然看子女能成家立室才是生命圓滿的表達，若有待在家中的成年子女，你就不能作別人的姻親，也沒有孫兒抱，這也可以是一種失落感，但維繫一段快樂的婚姻談何容易，不少夫婦為子女的成長、學業奔波，也不是一件易事，我們只看到自己子女沒有結婚的一面，沒有看到有單身子女在自己身旁孝順自己、照顧自己的好處。我們都是處於不同的人生處境當中，而某一個處境有好處的同時亦有它的困難和挑戰，既然我們人生的故事是如此展開和走到這個地步，我們就好好活好這階段、這生活場景的自己。多看自己在這處境有的好處，少看自己不在那處境的壞處，是我們面對人生的失落感的一個出路。

當然，去完一個喜慶的聚會而引起的失落感覺是相當實在的，容讓自己有悲傷的感受，找個知心友傾訴苦況，也不是一件壞事，但低沉的感覺過後，我們要多欣賞自己生命中所擁有的東西，你會發現你還有很多值得感恩的地方。

一宿雖然有哭泣，早晨我們必歡呼。生命仍然有很多美好的一面。

情緒突然來襲

我們說，哀樂中年。其實走在人生下半場的路上，我們很多時候是百感交雜的。

最近友人突然有一些低落的情緒來襲，因為真是老朋友，相識多於三十年，知道他一向是一個積極、樂觀和進取的人，這種低沉的情緒是少有的，既然他都透露了，相信他也希望有人可以跟他分憂，便主動跟他約了一個可暢談的午餐。

其實，我們的情緒低谷，很多時候不是單一事件所導致的，都是多元因素使然，他其實都是一個敢於面對自己的人，所以，不少人生的起跌，因著自己作輔導的背景，我都是他一個很好的聆聽者。在餐廳的飯桌間，聽他娓娓道來。

這段日子，他比以前缺乏了一些工作的幹勁，他是一名保險行業的高級顧問，有他需要管理的一個團隊，一直以來他是全隊中最能賺生意的，這幾個月來卻是全隊的排行最尾。其實，他是一名出色的保險銷售顧問。成為行政管理之後，他大可以專心做好管理的角色，但過往光輝的歲月，如今被後來者居上，心中是有點接納不來的。他需要學習接納自己角色的轉變和承認自己被同事趕上的不舒服的感受。

我們這把年紀，除了工作之外，身邊的人和事，也會觸動自己「灰灰地」的情懷，他有一位好朋友在事業上遇到很大的挫折，這友人在他眼中都是大好人一個，為何落到這人生的低谷，他有點為他可惜。另外，他有一位五十來歲的朋友突然因病去世，他自己身體健康的狀況亦大不如前，令他感到人生的脆弱，竟然擔心起自己的健康會否走下坡、怕摯愛的人比自己早走。這些感覺是他相當陌生的，但又來得如此真實。

他經濟情況屬於中產，可惜幾年前錯失了買樓的機會，現在每月的開支也大，彷彿失了一個令他退休無憂的因素，原來，在香港有一個自己的物業是退休生活的一個重要安全保障，他想著可能要調節自己生活的質素，心中有一份悶氣。

就是這種種的陰沉的因素，令一個積極樂觀的人，跌進一些低沉的情懷，我看是相當正常的事，能夠拿出來檢視和疏理，是我們清理自己內心垃圾的機會，我們都需要一些可跟友人暢所欲言的空間，希望他消消氣之後，能夠重整自己的內心，重新抖擻精神，再戰人生。

我有一扇窗

神學院退修，到了長洲的慈幼靜修院，五日四夜的靜修旅程。之前兩星期是冬季的密集課程，連續教了十個上午的課，而今次營會很幸福，主要是參予，不用領會，能夠給自己好好的休息。人的身體很奇怪，你忙著的時候，拉緊的狀態下，你不覺得甚麼。靜下來，沒事做的時候，肩頸的酸痛就出現了，告訴自己真的要放鬆、善待自己的身體，讓它復原過來。

被安排到一個斗室，一張床、一張櫈、一張檯、一個浴室，沒有電腦，不能上網，除了間中看看手機的電郵，還有少許集體的聚會外，有的就是自己獨處的時間。這個斗室還有一個露台，露台放了一張櫈，我就靜靜的坐在露台上操練安靜。

我住在二樓，修院在半山，對著一個大海。我對著這露台的框架看外面的景色，露台的框其實像一個畫框，我坐著不動的時候，面前的景色就框在這長方形的框架上。我看到是被松樹佈滿的一個畫面，我在二樓只看到樹的上半，遠遠一半是天空，一半是海洋。雀仔的叫聲清晰可聽，還有海浪聲，和微風的拂臉而來，好一段長時間，我就是看著這扇窗。

這個斗室不大，所以就只能有這斗室般大的露台和這扇窗。我看人生所擁有的，都是這樣。我們往往抱怨：「我只得這扇窗的景觀，我不甘心，我要擁有更大的一扇窗。」但今次很長時間望著這扇窗，卻有不一樣的感受，我若能用心去看，這扇窗內的景物是很有動態和生命力的，面前雖然都是樹，每棵都有不一樣的姿態，都是同一個天空，它卻隨著時間的轉移而有不同的色彩。這扇窗似乎是限制，我接納了這限制後，我又學懂欣賞當中的豐富和多變。

將這一扇窗放在人生上，圈進我生命框架的，就是我遇上的親友、所教的學生、所能運用的時間、我能發揮的才幹智慧，我若能珍惜這一切，增添這扇框架上的人和事快樂和意義，就是我的本份。

寫到這裡，打開我 WhatsApp 名單下聯絡過的人，想著他們都是框進我生命中的點滴，想起他們的近況，發一個問候，一句鼓勵的話，令這有限的一扇窗，變得動感起來。我有這扇窗多好。

以退為進

收到友人送來的一本有關退休的書，是他弟弟鄺士輝先生的作品，名為《以退為進——退休心路V旅程》。是一個退休人士的心路歷程之作。書中的插圖都是山水、花草樹木。給人很多心靈空間的感覺，等著細讀。

未細讀之前，已被他的書名所吸引。以退為進，原來退是為了有所進。退休的時候，不少人的問題是，退休有足夠的錢嗎？有事可做嗎？鄺先生卻問：「退休，可以活得更好嗎？」想活得更好是一個進取的態度，是的，累積了這麼多人生閱歷，那麼多人生的智慧，放慢了腳步後，我們的生命是仍然有很多進步的空間的。

不過，他卻指出要進步，是經歷一個「退休心路V旅程」，V是指出一個向內心進發的過程，退休後我們不可以再以工作、職位來自我肯定，我們的身分也起了變化，失去了一個職位後的「我」的價值何在？沒有某個工作的角色後的「我」究竟是誰？這些探索是一個向內心進發的旅程。不過，當我們能在內心深處找到依歸之後，我們卻要踏出自己，重新上路，是從內程（inward journey）走向外程（outward journey）。

在我的學生當中，也有不少是退休人士，其中一位男士，本來從商，長期做管理工作的。退休後，選了輔導成為他下半場的新學習。他慣常是以理性去處理工作和個人生活的問題，在學習輔導的過程，他被迫接觸自己和別人的情感世界，起初是十分陌生和不習慣的，他像拋進了另一個世界，在學習的過程中，他都需要接受別人的輔導，要觸碰自己的內心世界，他就像經歷了一個V旅程，要進到別人情感世界之前，他先要進到自己內心的世界。他已進到實習的階段，看到他有很大的進步，得到受助者和教牧的肯定，連同班的同學都見證到他的轉化和成長。

像舊約先知以利亞一樣，他經過與巴力先知鬥法，身心皆疲，被人恐嚇了一下，就要求死、逃亡。上帝讓他從那崗位退下來，有一段休養生息的時間，得到餵養，退隱，休息。這退原來是預備他踏上另一個新的任命，他從平靜中，聽到神微小的呼喚，他要提攜另一位年輕的先知，退隱是為了從新投入不一樣和更精彩的生活。

跟老人家拜年有感

這幾年拜年的重點都是趁新年，見見自己身邊的老人家，或親戚或長輩。到他們家中拜年，有一種很虛幻的感覺，因為每年都是同一天、同一個時間去拜年，拜年的時候都是吃同樣的糖果、坐著同一個位置。彷彿一年來，景和物都沒有改變過，改變了的是面前老人家的身體狀態。今年跟兩位 92 及 96 歲的老人家拜年，他們同樣是女性。看著他們的感受特別深刻，面前的老人家的身體和智能真的一年比一年衰退。想起詩人在《聖經》對人生壽數的慨嘆：「我們一生的年日是七十歲，若是強壯可到八十歲；但其中所矜誇的不過是勞苦愁煩，轉眼即逝，我們便如飛而去。」想著面前的老人家，不知道自己還有多少年可再來跟他們拜年。

看著他們老去，又再提醒自己也在老的事實，這也是人生下半場的一個重複出現的主題，我們是否能好好平衡這個半老中年（相對那些半熟少年的說法）在年輕與年老的掙扎。想起自己其中一篇文章〈年輕與老年兩極中的出路〉（P.74）中一段描述年輕和年老的文字：

「年輕和年老是中年人最敏感的問題，身體的變化是中年人不能否認的事實……與此同時，心境是年輕的，充滿年輕的幻想能力和勇氣。」

有時候年歲的計算是相對的，我們若以 60 歲退休來倒數人生，我們能精壯的去幹一番事業的日子真的十分短少，但以人生壽數來倒數，雖然生命的長短在神手裡，但若以一般數字統計來説，現代人的壽數真的十分長，男士們一般可活到 80 歲，我們面前還有三、四十年的日子，我們真的要求智慧的心去數算自己的日子。

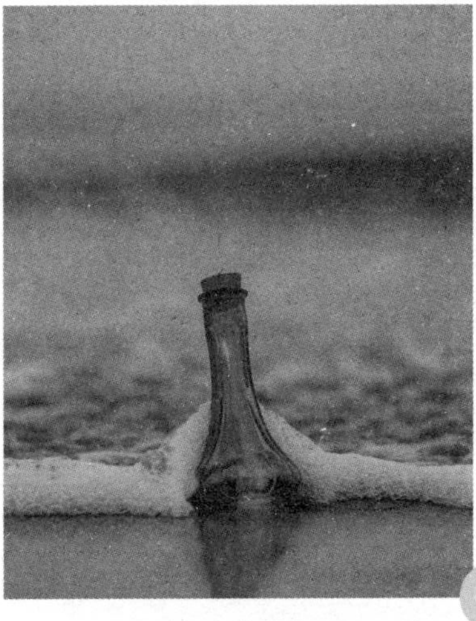

Chapter Five

「失去」的「得著」

接納自己的本相，與自己過去作朋友

有機會聽一位五十多歲的中年女士分享她悠然自得的中年，當中感受到她經過掙扎而生出來的智慧。

她留意到自己身體的變化，臉上的皺紋、灰白色的頭髮、體重的轉變，還有需要更頻密充電的體力，她都欣然接受，覺得這些是身體走到這個人生階段的必然變化，也學習如何接納自己的本相。

她亦慢慢了解母親的話：「到我這把年紀，你就會明白。」是的，人生的智慧是累積的。她發現，幾年前認為是重要的事情，今日卻在優先次序的階梯上不斷下降，對事情少了一份不必要的執著。

她最大的領悟是如何與自己的過去交朋友，不論喜樂、痛苦、好日子、平常日子或不太好的日子，這一切的經歷就成了我們生命的一部分。我們對過去已經沒有選擇權，但我們如何盛載這些過去，卻可以由我們自主。

當然，生命中的喜樂不難盛載，那些美好的回憶都能溫暖我們的內心。

但那些痛苦和不快的經歷，卻可以成為我們的重擔，我們將不愉快的經歷壓抑，成為生命中的苦毒，不斷蠶食我們的生命。

中年人若要與自己的過去做朋友，我們要學習與創傷的經歷説再見，學習原諒自己和傷害過自己的人。人生總會有一些令自己遺憾的抉擇，是一去不返的，不可能從頭來一次的。過去不同的經歷像一個伴我們同行的朋友，過去經歷能教導我們人生的智慧，是再走下一段路的指標。

對這位中年女士來説，屬靈生活在中年有明顯的變化，她更容易讓神進入她生命的不同領域之中，這種在神面前的坦然，幫助她放下一些過去執著的謊言，在神裡面找到真正的平安和安全感。

神彷彿是她一個老朋友，一起坐在椅上，笑看幻變的世界，從過去忙亂的日子中超脱出來，悠然自得。她可以跟神彼此對望，眼神中閃耀出來的是有知己相伴的快慰。

聽完她中年生活的分享，我對這個人生階段，充滿期盼。

中年成為孤兒的滋味和反思

人到中年，往往會是雙親離世之時。最普遍的情況是父親先去世，母親是高齡去世的。這個時候，身邊的人大概都會以「笑葬」來形容這情況，也意味著離世者已成年的子女不用太悲傷。

但經歷過雙親都去世的成年人卻有另外一番滋味，有人甚至有一種成為孤兒的感覺。慨嘆自己不再是任何人的兒女（I am no body's child）。事實上，這是一個十分獨特的人生過渡期。

首先，我們失去了童年記憶的守護者，父母最了解我們成長的片斷，他們擁有我們的過去，那些成長的「第一次」，都隨著他們去世，彷彿我們過去的一部分也失去似的。

雙親都去世，總會有一些家產或遺物留下，除了需要兄弟姊妹間公平的分配外，若父母有寫下遺囑，父母有否偏愛、家產的分配往往成為子女間紛爭的源頭，這也是一個可大可小的挑戰。

父母在家庭中往往扮演一個核心的角色，是他們將子女連在一起，當父母都去世，家庭如何連繫，若兄弟姊妹間沒有親密的連繫，父母相繼離去，會令這本源家庭變得疏離，甚至解體，若子女是長子或長女，他就要承擔起連繫一家的責任。

父母的去世對中年人士最容易挑起的是自己對死亡的意識，父母去了，自己有朝一日也會踏上死亡之路，這醒覺可以將我們掉進一個重整生命的過程，我們會自問：「甚麼是最重要？」「在有限的歲月裡，我可以怎樣過有意義的生活？」

當父母病危時，子女大多悉心照顧將去世的父母，花了不少心力，也將自己的情緒壓抑，當父母真的去世，他又彷彿得到很大的釋放，釋放與哀傷是混雜的，有時候令成年子女更難處理自己對父母的哀傷。

我們雖然抱怨自己父母總是看自己是未成年的孩子般的，但他們真的走了，我們就不可以扮作小朋友的角色，也不能再有倚賴父母的心理，這心理上的轉變，真是不容易擺放呢！

若失去雙親的經歷還未到，我想現在最重要做的，是保留父母寶貴的故事，他們是我們童年記憶的守護者，那些記憶不被重述和留下，就會消失，不能成為可記念的歷史，我們大可以製造多一點與老人家相聚的機會，給他們將故事告知他們的孫兒，我們成長的故事就可以留在自己子女的記憶中，我們也當向子女多談談自己成長的故事，他們的公公婆婆、爺爺嫲嫲是如何養育我們的，家庭的故事和寶貴的東西才能傳承到下一代。

如果只餘下你自己

根據聯合國人口年鑑，香港男性的平均預期壽命是76.8歲，女性則更高，是82.2歲。兩者都是世界排行第二，女性比男性長壽大約五年多。若以結婚年齡推測，男性比女性遲三年結婚，而通常結婚時也是男性較年長，那麼，已婚女性在有生之年，會成為寡婦的機會是相當之高。對於不少中年已婚女士來說，心中都有一種憂慮，如果丈夫的身體比自己快走下坡，或會問：如果餘下自己一個怎辦？

最近跟一位女士傾談，她的丈夫癌症雖然已康復，但恐懼自己會成為寡婦的陰影一直纏擾她，身邊的朋友可能會勸她，既然丈夫已經康復，為何不好好珍惜眼前人，享受現在的婚姻生活，而花精神為將來而憂慮呢？

我想，恐懼成為寡婦背後的原因，因人而異。若個人性格比較獨立，又或者夫婦關係不算深厚，又或有成年子女相伴的女士，適應沒有丈夫在身邊的能力會比較好。但若婦女較倚賴，或情感和生活上與丈夫比較相依，要面對這樣親密的人去世，倒是一件相當大壓力的事。研究壓力與生活轉變的專家，也以喪偶為眾多人生轉變帶來最大的壓力。

古人有云：「身體髮膚，受之父母。」沒想到，對中年夫婦來說，男人的身體髮膚，受之是太太。我們作丈夫的，有否為太太的緣故，好好顧惜自己的身體呢？好讓大家在世的日子相若，減少太太成為寡婦的恐懼。

原來男女預期壽命的差異是相當普遍，男性較早死是全球的現象。美國關注男性健康問題的專家，就為我們總結了男性健康較女性差的十大原因，讓我們好好反省，並作出相應的轉變。這包括：

1. 男性比女性較少作身體檢查。
2. 男性自我照顧的習慣較差，例如男性比女性睡眠不足的情況嚴重。
3. 男性的飲食習慣較差，如多吃肥肉、少吃蔬果。
4. 男性過重的現象比女性嚴重。
5. 男性不及女性運動量多。
6. 男性飲酒和濫用藥物的情況比女性嚴重。
7. 男性參予較多高危的活動，如高速駕駛等。
8. 男性較多用暴力。
9. 男性比女性較少社交和情感的支援。
10. 男性的工作較多高危的元素，若失業也帶來更大的損失。

縱然我們努力保持健康，配偶其中一個會早離開也是不爭的事實，我們要預備自己面對哀傷的過程。

捨棄對中年人的挑戰

人到中年，組織家庭已經有一段不短的日子，我們家裡擁有的東西開始豐富起來，每當搬家或家庭大裝修都是我們要面對捨棄物品的挑戰。

不少寫「修納」書籍的作家都有一個十分相似的經歷，就是當他們要搬家或要處理別人留下來的物品的時候，就頓然發覺我們擁有太多的物品，而搬家的過程是迫自己正視我們與物件之間的關係，甚麼需要捨棄，甚麼最值得留下。

幾年前我的舊居被發展商收購，要搬離住了二十多年的地方，你大概也可以想像到這是一件如何令人困擾的事。未搬進這個舊居之前，太太已經知道我是一個蛀書蟲，為免家中有書災的問題，她建議我造了一個很大的書架，大概有 14 呎乘 13 呎之大，書架的深更能前後放兩本書。

搬到新居的時候，我只可以擺設一個 4 呎乘 10 呎的書架，一條簡單的算式，昔日放書的書架空間有 14X13X2=364，而新的書架深度只放得一本書，所以放書的空間是 4X10X1=40。搬家前後放書的空間比是 9：1。

我要處理書的難題是九本書之中，只可以留下一本，在取捨之間我要定下一些選擇留下的書的原則，這包括：

- 那些書有實用價值，在自己工作中仍用得著的。
- 那些書我一定不會翻看的，就不會留下。
- 那些書的作者和作品是自己摯愛的，值得再讀的。
- 一些是公認經典的書。

這挑書的過程十分矛盾，一方面覺得自己十分浪費，因為不少書是買的時候覺得好，但一直放在書架，現在要捨棄了，我仍沒有好好的看它。另一方面，有一種釋放的感覺，我不是想這本書本身的價值來判斷它應否留下，而是我仍喜愛它嗎？現在或不久的將來我用得著它嗎？所以今天看著選擇了留下的書都是自己喜歡的，望著它們有一種舒暢的感覺，這跟昔日雜亂的書架，有很大的對比。

中國人說，「上屋搬下屋，不見一籮穀」也是很有道理。未需要搬之前，我們真的會堆放了不少雜物，直到環境迫自己要作出取捨的時候，我們才驚覺自己住的空間本來可以更寬敞，只要我們將不需要的物件早一點清理，我們就不需要感到自己的家狹小和缺乏空間走動了。

對中年人來說，也許會開始想到有朝一日自己不在的時候，我的物品應該交給誰，其他人會喜歡或曉得欣賞我的物品嗎？想到這裡，還是早點開始這個捨棄的過程為佳，將物品交到懂得珍惜它的人是我們的願望。

電腦上的記憶失去的滋味

現代人的記憶可能太倚賴電腦，不論相片、寫過的文章、收集的音樂，都放進電腦的硬碟，除了省卻儲物的空間之外，它也有一個不錯的系統，可以有效的將它叫喚出來。這些令記憶便捷的科技，有它不錯的地方，卻帶給我們另外的煩惱和問題。

先談煩惱，為了記憶「萬無一失」，我們會找多一兩個備份的地方，以自己為例，不少我看為重要的檔案，我會放在公司和家中的電腦的，兩邊都有備份。但生活忙碌，要令兩邊儲藏的東西都能夠相同，是多了時間處理的。放進雲端的儲藏，雖然可以從不同的地方上載下載，但空間有限，又怕供應商系統出問題，我仍然要將雲端的東西備份，以防萬一。

最近在整理自己的檔案時，以為已經有備份，而因為想將硬碟格式化成另一種模式，就手快將一些舊照片、舊文件按一下就完全消失，那些珍貴的東西，就在你指間消失，那感覺很可怕，若是丟棄實物，我們也會審視一番，或跟物件道別。但電腦的記憶轉眼間就消失，人到中年，記性已不及當年，想追尋那些失去的東西，似乎沒有七成的把握，這意味著有一些記憶就隨檔案被刪去，也從此尋找不回來了。這是用電腦來記存東西的煩惱。

用硬碟記存自己的東西有另一個問題，就是我們會對當前的事物變得輕忽，例如數碼相機拍照流行之後，我們用相來作記錄多於為了捕捉眼前的美景，我們很少駐足來慢慢欣賞和品味，心態是覺得自己已有記錄，可以日後再看。但因為對面前經驗沒有足夠的投入和與之相遇對話，日後翻看一些電腦為你儲藏的記憶，你會找不回真實經歷的深刻感覺。

記憶可說是生命最寶貴的東西，不要只交託電腦去為你守護生命經歷的種種，也要好好的去經歷生活，不要讓它輕易流走。説實話，這把年紀，我們的短期記憶（short-term memory）越來越差，最近發生的事容易善忘，彷彿有一些生活未曾活過似的，要將短期記憶打進我們的長期記憶，要將經驗不時拿出來把玩，才能好好將它記取。若太快將經歷交給電腦去記錄，只怕電腦壞了，一切都像輕煙消失得無形無踪。

所以，朋友，好好運用你的大腦去記取精彩的生活。這才不枉此生。

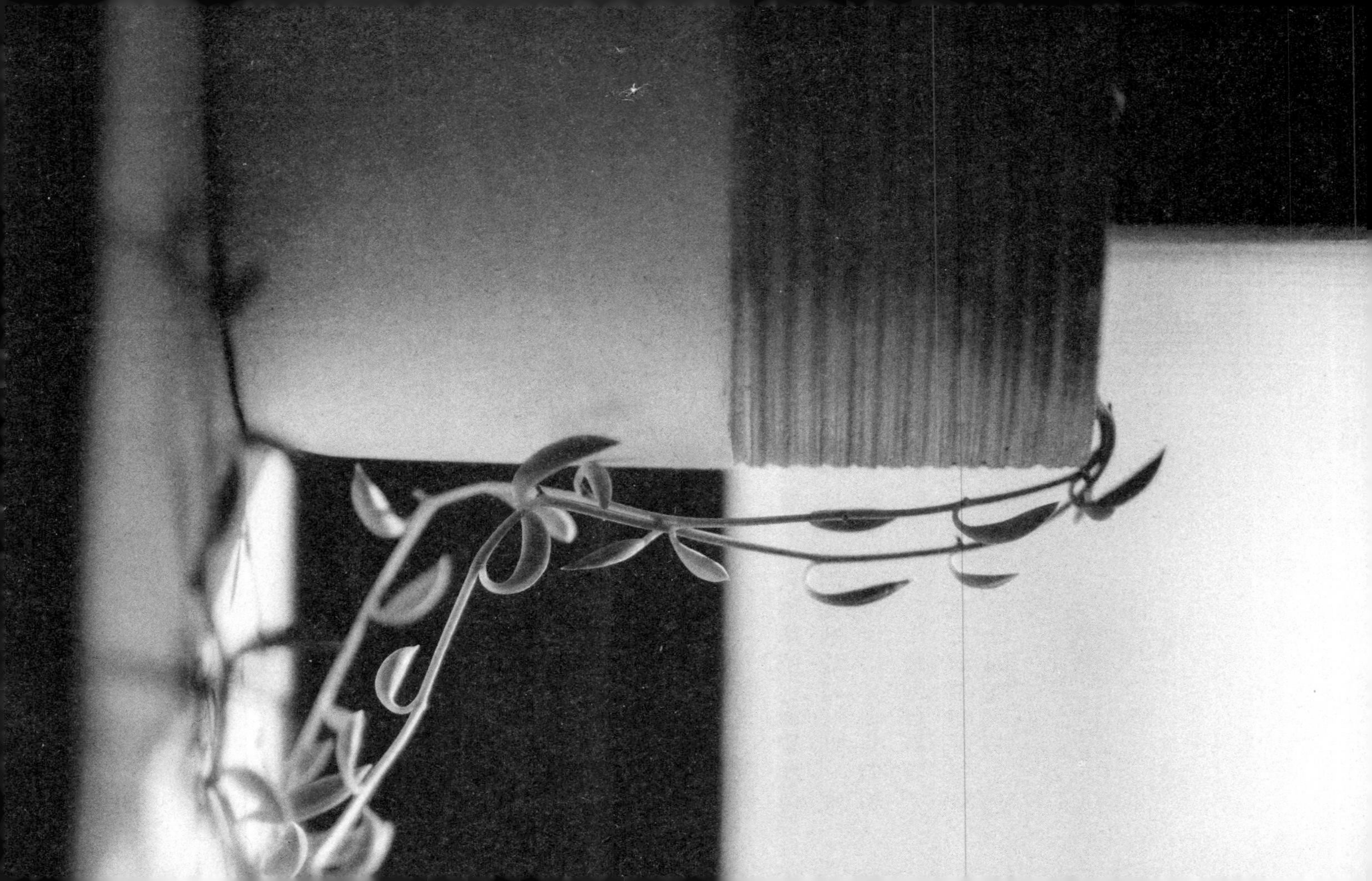

我們對過去已經沒有選擇權，
但我們如何盛載這些過去，
卻可以由我們自主。

Chapter Six

回望過往的勇氣

SOMET ING GREAT

當發現自己上半生不是自己期望之後

詩人內心的呼喊：「我的心哪，你為何憂悶？為何在我裡面煩躁？」（詩篇 42：5）喚起中年人感情世界的不少共鳴。有人以「哀樂中年」來描寫這階段，也突顯這階段感情豐富和百感交集的一面。

人生的夏季是忙碌工作的日子，根本沒有喘息的機會，讓自己靜下來，觸摸內心感情的世界。踏進秋天，中年人的心境有著明顯的變化，步伐也慢下來，可以跟自己的心進行一些搜索靈魂（Soul Searching）的對話。

究竟中年人最常出現的感受是甚麼呢？我想不少情感都是跟我們發現自己上半生不是自己的期望所帶來的。

我想詩人提到的憂悶和煩躁也是中年人常有的感受。人生走到一半，有不少處境都會落入困局，工作上可能已經沒有晉升的機會，夫婦關係也可能累積了多年的不快，關係立於一個固定的距離中，沒有多大親密的進展；這是人生感到憂悶的一面。

煩躁背後有很多不同的原因。中年人察覺人生有很多無奈但又無法扭轉；自己也要背負眾多不同角色所帶來的責任。要應付眾多壓力，難免感到疲乏，在疲乏的狀態下，再多加一樣「小」麻煩，也帶來我們的「大」煩躁，因為心靈再沒有承載的空間。

另外一些常出現的感受也包括恐懼和失望。恐懼是怕自己被淘汰，年輕伙子有活力且頭腦靈活，薪酬也比自己低，老闆要裁減人手時，中年人最容易首當其衝。記得政府在電視台有個廣告，鼓勵僱主聘請中年人，強調中年人成熟和有責任感。用意是好的，但要藉著廣告去鼓勵僱主，即是告訴我們，市場委實有不少失業的中年人。這種對失業的恐懼，是怕縱然再培訓也未必能打進就業市場，而失業隨之而來的經濟困境，是「擔」起頭家的中年人的恐懼所在。

失望則是對自己能達到的成就不高，子女也或許未如自己期望能升上大學，或找到高尚職業等。

不時看到一些對「人生的問題」的說法，例如人生不如意事十常八九、夫婦相處的問題有七成是解決不來的等等，我們能夠做的是擁抱這些預期的困難，接納自己對人生期望的失落，處理當下的情緒就夠了。

面對一大串內心的感受，我們要好好觸摸和尋求抒發的機會，也許不會在短期內得到解決，但我們相信神會與我們渡過這些情感的幽谷。

人生閱歷與閱讀

幾年前對《聖經》的傳道書很感興趣，所以寫了一本《為甚麼你的快樂愈來愈少》。寫那本書的時候已經過了五十歲，年輕時不是沒有讀過傳道書，但人生閱歷不夠，讀上來不是味兒，只覺得重重複複的説著「虛空的虛空」；當人生經歷多了，卻看到很多事情都像一陣輕煙，轉眼消逝，不用太過執著。

最近正在翻看一本輔導行內的經典，是心理分析大師 Patrick Casement 的著作 *On Learning from the Patient*，這本書不經不覺已放在我的書架十多年沒有翻過。記得初入行時，有前輩推薦這本書，好學的我，勉強自己看了大半部分就放下了。最近要預備寫一本培育基督徒輔導員的專書，在研究搜集資料的過程中，看到別的學者提到 Casement 有關內在督導（Internal Supervision）的觀念，於是重新拿起這本書來閱讀，這次讀起來就愛不釋手，驚歎這位大師對自我的敏鋭觀察和反省能力，他將一些很微細的輔導過程對答細錄，指出受助者如何引導輔導員來幫自己，我們若只用自己的理論框架套在受助者的問題上，是沒有多大的治療果效的。我發覺自己如今才看得懂這本寶貴的好書，或許這十多年來，自己見的受助者多了，也開始教學和當起學生的督導工作，自己的臨床經驗，確實能幫助我去掌握這本書可貴的地方。

如此看來，隨著年紀越長，人生的經歷幫助我去對照寫書人的心路歷程，沒有親身的經歷就沒有相應的共鳴。或許閱讀本身很多時不是增進新知識，而是別人的文字幫助我表達自己的經歷，我與作者有相同的共鳴，他勝我一籌的地方是他有能力將在我腦海的東西，放進一個有意義的框架，將我有的經驗，變得有意義和洞見。

昔日我們聽到老人家掛在口邊的「食鹽多個你食米」，就會有點抗拒去聽他們的老生常談，現在回想，這些老人家的智慧我可能聽不進去，並不代表他們的説話沒甚麼可取，只是當時我未有足夠的閱歷去明白和體會而已。既然如此，當再遇上我們的長輩，我們不妨細心傾聽，存放在記憶裡去，或者有朝一日，自己有相近的經歷時，可以提取出來應用。我們聽老人家的説話，其實是在閱讀一個人的生命，縱然人的經歷會有差異，但我相信共通的總比差異多，總會從中有所得著。

與下一代說起舊事

生命的傳承是透過細說故事。

記得在學習家庭治療時，老師要我們追溯原生家庭對自己性格、價值觀及與人相處模式的影響，父親在我二十歲時去世，加上他是一名打鐵匠，不善於表達自己，我沒有從他口中聽過他童年的故事。所以，要做那份功課的難度相當高，我只可以從母親的口中，去了解自己父親的過去。父親是隻身走來香港的，他大部分的親人都在內地，訪問完母親，我才對父親的家譜有一點兒的認識。父親是我生命的根源，缺少了對他的過去的了解，自己好像沒有根一般。所以，當自己有子女之後，適逢一些機會，我便多將自己的故事告訴兒女。

兒女最感興趣的可能是父母的愛情故事，最近趁著結婚三十周年紀念，我們刻意選了一些我們生活的重要片段的相片，製作了一本相簿，也順便將我們夫婦如何認識、追求，到結婚的故事、趣事細細道來，他們也聽得津津有味。

也有一些時候，我們會帶子女經過自己成長的地方，我生長於大坑西，舊居是一排排石屋的其中一個小房間，現在已經拆卸重建多年，但童年所讀的小學還在，趁著路過，也會對子女說說自己在小學的生活。

生命其實是一個循環，我們年少的時候或許都試過考試成績不理想、重新振作努力，當子女遇上學業不理想的時候，我們就可以用自己的故事來鼓勵他們。當女兒拍拖遇上困難，我也可以講講自己失戀的故事。當自己的舊事與他們面對的問題相關，就不會只是一些單向的表達，否則他們可能會感到不耐煩不想聽。但當我們年少的故事是與他們如此接近時，這反而拉近了父母與子女之間的距離。

我的子女還未結婚也未有孫兒，若你有的話，孫兒漸長懂事時，亦是我們細説自己往事的好時機，我們談的可以是他們父母年少時的模樣，這種隔代的傳承是相當有意思的，因為有一些成長故事，連孫兒的父母都忘記了，我們就是他們記憶的守護者，孫兒從爺爺嫲嫲公公婆婆口中聽來的故事，特別新鮮有趣，原來自己的父母年少時也有頑皮的地方，我們的生命就這樣拉近起來。這是談舊事和故事奇妙的作用。

説舊事不單對下一代有好處，我們在細説往事的過程也在整理自己的人生，這能令我們有一份生命是完整的感覺。當然，我們也要有好記性，記得向誰説過些甚麼，否則就變成一個長氣、重複的老頭呢！

另類舊地重遊

人生精彩的地方在於當我們有了半生的經歷，可以不時的重訪。有掛念著某間小店的美食嗎？每逢路過那區，你總想到那裡重溫一下那熟悉的味道和那環境給你的感覺。記憶就隨著這些感官被挑起了，可以魂遊時間的隧道，這是一種很良好的感覺，告訴自己的生命是有歷史和有根的。

最近在學院教輔導理論課程，回想我自己學這科目是快三十年前的事，如今用的雖然是同一本教科書，作者已不斷更新版本，是第九個版本了。那些自己放下了多年的理論，要備課，整理和設計教學的流程，過程的感受是頗特別的，有點像舊地重遊的感覺，拿起來去教，重燃自己對這些像是遺忘了的輔導大師和理念的興趣。

是的，像是遺忘，卻又像一位老朋友似的，甚至雖然我沒有將某些自己的輔導工作或寫作與這些老朋友掛勾，其實我已自覺與不自覺的，將這些好東西融入自己的生命之中，例如我對存在的寂寞的興趣是來自存在主義的治療理論，我對成長的一生看法也不少來自 Carl Rogers 及 Fritz Perls 的理論。如今重訪這些大師，一方面感恩他們豐富了我的人生體驗，也欣賞他們的創見。

回想這些東西，驚覺今日的我是來自昔日自己種種的體驗和追求的總和，將來的我呢？豈也不是我今日種種經驗的總和嗎？

網上流傳了一位老人家快樂的秘訣，我們若想從舊地重遊得到滿足，就要聽聽他的分享了：

「我們活著的每一天都是神的恩賜，只要我還能睜開眼睛，我都要專心於這新的一天，並想著我這一生快樂的時光。」

「老年就好比銀行的帳戶，你下半輩子提領出來的快樂都是你上半輩子存進去的，所以嘛，我要提醒你趁早將你的快樂，存進你的腦海銀行。」

過去的記憶已經是我們生命的一部分，大概也不可能增減了，我們有的自由是會否主動去舊地重遊而已。但將來要發生的事，卻可以掌握在自己手中，我們是見一日就過一日的心態，還是積極的令自己生命過得精彩，那責任應該落在自己手中，我指的不是自誇生命在自己手裡，計劃明年去這去那，而是好好利用神賜予我們的生命，活在當下，不枉此生。

舊照片

二零一五年十月是我跟太太的大日子，我們結婚三十年了。掙扎了一段時間，我們應否辦一個三十周年晚宴，約一些好友歡聚一下，數算一下三十年來的經歷。簡單來說，我們的婚姻算是平順的，太太覺得似乎沒甚麼精彩的故事要分享，就不如自己一家人平平靜靜慶祝就是了，不需要驚動朋友。但心想能同行三十年，在這個婚姻關係脆弱的年代，沒甚麼發生本身已經是一個值得感恩的事，所以，最終都是決定請一些比較親近的朋友吃一餐晚飯。預備一些三十年來的舊照片，一起重溫一些人生片斷都是很有意思的。

翻動舊照片是一件相當大的工程，厚厚的相簿，一本一本的亂閱，在未數碼化的年代，相片存放的唯一方法就是相簿，那些菲林底片都不知道去了哪裡，就選一片來掃描，可以給女兒幫我們預備一個歷史回顧的投映片。

舊照片有一種魔力，它能帶你去到你自己生命故事的時間隧道，一張照片其實是一個故事的定鏡，打從拍拖、結婚、三個孩子陸續的加入我們的家庭、事業上的晉升和轉變，都穿插於自己跟太太開展的二人同行的旅程，是的，三十年前的太太和自己都是少不更事，這些年間一起走過的日子，也改變了我們，有一本書的書名是頗有意思的：*I Am No Longer The Woman You Married*，我不再是跟你當年結婚的「我」。我指的不是青春已經在臉上和身材上起了根本的變化，不是「原來你當年是這樣漂亮的呢！」「你結婚時原來沒有今天這麼有魅力！」的感慨，而是我們真的在一起的生活中不斷轉化成長，今天的「你」比昨日的「你」更加可愛和豐富。

這些照片訴説著歲月在我們身上的洗禮，是的，身形肥胖了，如今頭髮疏散了、白了，那又何妨，舊照片告訴我們有這麼多年的共同創建的歷史，我慶幸因為雙方的努力，我們數算的日子，是歡笑、感恩多於爭執和眼淚的，舊照片也見證了兒女的成長，近幾年多的是兒女的畢業和家人暑假旅行的照片，我發現有某些年間，可能兒女還小和工作忙亂，是相對少留影的，想著那段日子是怎樣過的，兒女們那些年轉變中的樣貌如何？似乎記憶開始薄弱，所以，三十周年的大日子都是要好好拍一些生命的記錄，好等將來可以回顧、感恩。

享受「一去不返」的美好時光

人生走了好一段日子，你會發覺很多經歷是只讓你經歷一次或只存在一段時間的，過去了就過去了。迎面來的經歷可能是僅餘的一次，所以，應該好好珍惜。

這感覺是來自今年的暑假家庭旅行。三個兒女都長大了，兩個已出來工作，小兒子明年也考 DSE。回想當他們還年輕的日子，家庭旅行都是我跟妻子策劃和安排的，如今差不多所有旅行的行程、交通、要去的景點，都是他們策劃的，我只當一個自駕行的司機，過去跟妻子安排旅行的經歷不再了。當然，現在有現在的滿足，看到兒女長大，有獨立和照顧我們的能力，心中是滿有感恩的。例如，今次到日本大阪，有一天他們是去環球片場的，大女兒就安排我們兩老去神戶一天遊，可以享受一下神戶和牛，也可以有我們二人世界的時候，不用跟他們去排隊玩遊戲。不過，我仍然回味跟太太一起編行程的樂趣。是的，有一些人生經歷真的會「一去不返」的。

這星期跟友人午餐，也談起一家人去旅行的經歷，他也有相似的經歷，例如，去到外地旅行，兒女總有不少購物的目標，要買禮物送給他們的朋友，我們這把年紀，其實對購物已失去了興趣和慾望，所以，去到大型的百貨商場，都是找一處可坐下的地方，讓他們去購物，和分享他們找到獵物的喜悅。這種陪伴他們經歷，沒有自己的議程的同在又何妨呢，我知道過多幾年，當他們成家立室，我們的家庭會去了另一個階段，這些一家人暑假去旅行的日子會一去不返的了。既然如此，我就好好享受當前的美好時光。

最近有機會探訪昔日工作的青少年機構，相對現在很多個人閱讀、寫作和教學的工作環境，回味多年前同事間的隊工和較多人際互動的工作生活，如今是較靜態的，那些大伙兒一起去創建青少年事工的日子遠去了。這樣推算，我現在有很多反思和整理自己經驗的空間，也會隨著我工作生涯的轉變而有一天會「一去不返」。詩篇第九十篇詩人的說話又響起：「我們一生的年日是七十歲，若是強壯可到八十歲；但其中所矜誇的不過是勞苦愁煩，轉眼成空，我們便如飛而去。」當然，幸好我們的經歷不盡是「勞苦愁煩」，但就算是美好時光，也同樣會如飛而去，所以，心中對自己的提醒是，好好享受「一去不返」的美好時光，這是上主給我們美好的份。

上帝的男高音

假期時看了一部電影，名為《上帝的男高音》。故事是講一個韓國的男高音，他以亞洲人的身分，能打進意大利歌劇的殿堂，殊不簡單，怎知道在他如日中天的日子，發現患上甲狀腺癌，失去聲音等於失去了他生命的全部。幸得一名辦音樂會的日籍經理人，因著友情，不惜一切為他尋得名醫，最終他得回一把不復昔日氣勢磅礡的聲音，亦因為上一個手術的緣故，他失去了完整的肺功能，氣量不及當年，這是後來才發現的，令他又被丟進一個低谷。知道這消息當晚，他有一個表現機會，上台還是不上台？雖然舞台是屬於他的，但他聲音不復當年，還有人欣賞嗎？他的太太一直鼓勵和支持他，在他徬徨於街頭的時間，也發訊息鼓勵他，等待他；最終他以他不盡完美的聲音，唱出〈你真偉大〉一曲，得到全場的掌聲。是的，我們受感動的，往往是一個人在低谷如何奮鬥起來的時候，而不單是他生命的高峰，人生的低谷和高峰是很弔詭的，人生的得與失也同樣是很弔詭的。他的太太說得好，今天他沒有了最完美的男高音的聲音，卻用心去感受音樂，感受自己的情感，那歌聲過往是令人羨慕的，如今卻是令人感動的。

所以，走在人生路上，我們可有自己的光輝歲月，我們也可有自己最完美的高峰的一刻，這些都會有過去或失去的一刻，我們可否接受不復當年，我們可否接受我們只留下過往五成的功力去表演，這又可妨，這些餘下的，仍然可以是一個很美麗的祭，獻給生命、獻給上帝。這些本來就是屬於上帝的，這些本來是屬於生命的。

人生下半場也是這樣的一個人生場景，看著一些年青的伙子，他們的天份和才幹，正在發展和如花盛開，我們可能不能再攀高峰了，這又何妨，不能攀高，就是我們要轉向，進深的時候。生命除了有高峰要攀，亦要有走進深林的深處，那裡可能沒有燦爛的光輝，卻有生命的泉源。接受生命迎上來的挑戰，由男高音，轉唱男中音也可以很有感情、很動聽，只要你能盡情、盡心盡力的去唱，縱然聽眾不多，但有最支持你的人在等著你去演繹、去唱那生命之歌，這樣，已是很好的人生。苦難叫我們學識知足常樂的道理。

舊同學敘舊與遺憾感來襲

中年人很容易回望，有時候是自己靜下來時回望的，但有些時候是被迫拋進這回望的糾纏。最常見的是舊同學敘舊日時，多年沒見的朋友再相遇，容易令我們大吃一驚的感受。因為歲月無情，年少時的他和她，已經青春不再。當然，敘舊少不免是想當年。其實想當年沒甚麼大不了，要命的是當年和今日的比較。大家是同時期的人、年紀相若、學歷背景相若，但沒見的日子，原來大家在走著很不一樣的路，當年的校花，可能很快就結婚生仔，如今是一個家庭主婦；另一個可能是平平無奇的同學，今天卻是大公司的總裁，他的身家拋離得你很遠很遠的呢！

敘舊的聚會完了，回家躺在床上，那些年、那些人物、他們發展的軌跡，都一一浮現，而我自己呢？我走得順利呢？比得上比不上他們呢？

突然間，遺憾感像幽靈來偷襲我們，我們在問自己，我之前的選擇有錯嗎？有那些事情我錯失了，我當時的決定是否太天真，隱隱出現對自己失望的感覺，Joan Chittister 在 *The Gift of Years - Growing Older Gracefully* 説得好：「一旦遺憾開始了，令我們失望的將不只是過去，愁思溜進了現在。眼前身邊都染上了低沉的色調。」遺憾感除了控訴我們，當初要是如何如何就好了。它更告訴我們一個殘酷的事實：我們這個年紀，已經來不及了，來不及扭轉我們行上了二十多年的路徑。也來不及去完成新定的夢想。

事實上，遺憾感是我們要在下半場活得精彩和自在的敵人，年紀大了理應有一份生活的智慧，就是相當的認識和接納自己，若我們放下跟同輩的人的比較，我們年青時做的決定，是反映了我們的價值選取。遺憾是對自我的否定。反之，我們若為自己過往做的錯事而感遺憾，反倒是一個正面的事，它證明了我們已成長，知道何為善何為美。

遺憾另外一個問題是視野的狹窄，我們只看到自己沒像別人有的那種成就，卻沒有看到自己已擁有很多其他值得感恩的事物。或者，你的舊同學，回到家躺在自己床上，想起你的時候，他也在羨慕你有的種種，他沒有的甚麼甚麼遺憾。大家其實是拉平的。生命是公平的，我們種的是甚麼，收的是甚麼。多想想在未來的歲月你想收成甚麼，似乎比為過去的遺憾，來得有建設性。

小心重遇初戀情人

人生中的相遇、分離；相愛、分手；都會牽動我們不少情感的漣漪。對於一個中年人，年輕時或許會浪漫過、熱戀過，那些感覺像告訴自己是熱烈地去愛過和生活過。

當我們結婚建立事業和家庭之後，容易因為為口奔馳，生活迫人，工作壓力和子女成長、學業，給夫婦不少感情上的消磨。中年夫婦感情變淡似乎是不爭的事實。

當一些社交聚會，或舊同學敘舊、舊同事約食飯，或巧遇也好，我們可能會再遇上自己年青時的初戀情人。

既然是初戀情人而又不是你現時的配偶，你們多數在少不更事的日子，熱烈地愛過，卻因為種種原因而未能開花結果，如今這麼多年後重遇，當中的感情是可以十分錯綜複雜的。這個「他或她」可能是當時拋棄你的，如今他對自己當時這樣做感到歉意，而可能現時的配偶其實不比你好，他有一種想表示關心你的姿態，你應該接受他的歉意，跟他交過朋友嗎？還是保持一個距離好呢？

又或者換一個角色，你當時拒絕了初戀情人，現在回望這位初戀情人仍然單身，你會對號入座的想，要不是當時自己移情別戀，眼前的初戀情人其實是很不錯的對象，你帶點對他的內疚和現時跟配偶感情的變淡，你被拋進一個時間隧道，想像當時若跟這位初戀情人沒有分手，你如今會是怎樣地生活著。這種種思緒其實是相當危險的，也聽過一些人在重遇初戀情人後發展了婚外情，對現有的婚姻和家庭帶來很大的沖擊。

簡單來說，我們要從自己情感的震動平靜下來，檢視這些思想背後反映了你對生命、感情有甚麼渴望。首先，你初戀情人倘若仍未結婚，其實有很多背後原因，別看得自己這麼重要和影響力如此巨大。又或者初戀情人對你有歉意和想跟你重新連繫，這也可能是他自己沒有好好去愛配偶，他對自己的婚姻有不滿足的地方而已。

你若反觀自己，初戀情人給你的暇想，告訴你被現實的生活壓得很辛苦，或現時的生活很平淡，其實你內心還想有浪漫的感覺，你仍然很想可以熱烈地去愛，這也可能〈最愛是誰〉的歌詞給我們共鳴的原因：

為何離別了
卻願再相隨
為何能共對
又平淡似水
問如何下去
為何猜不對
何謂愛
其實最愛只有誰

或者真正的答案是你還在留戀年青時的「你」那份浪漫。想想你的配偶很有可能亦有與你同樣的渴望，是時候跟你的配偶重燃愛火，而不是闖入一些虛浮的漪念。

Chapter Seven

重新學習與別人相處

我牽著誰的手

我們在牽著誰的手，往往反映我們正處於不同的人生階段，當我們在孩童的年代，最多牽著的是媽媽的手，媽媽是我們年幼時的倚靠和安全感所在，也是母親給我們規範的界線，不想我們亂闖的時候，媽媽就緊握著我們的手。作為男孩子，我們童年的日子，是較少像女孩子般牽著同性小朋友的手。

所以，再著意牽著別人的手的時候，大概是少年時期的拍拖日子，那是充滿期待和觸電般的牽手，是跨越自己情感世界的一種突破吧！但少不更事，初戀的大多不能開花結果。

再下一個人生階段就是牽著太太的手了！我結婚三十年了，這一牽就那麼多年，感覺是豐富和複雜的，牽手的時刻，有的是溫情的表達，有互相手握著手，共同進退的，有人生走到脆弱處，給扶一把的；也有沒甚麼，就是兩個人同行的牽著呢！

接著就是兒女的到來，牽著幼嫩的小手，驚歎生命成長的可貴，有人信任和倚靠自己的感覺多好，不過，這牽手是有時限的，兒女很快就成長，女兒或者還會扣著自己的膀臂行街，兒子就從牽手轉為踏著他成長了的膊頭呢！

如今，我又再牽著自己母親的手，她已八十多歲，行動困難了，走起路來也慢了，每逢探望她，陪她返教堂，我也主動握著她的手，她也緊握著我。是的，這是角色調換的人生階段，平時自己只用上五分鐘的路程，現在就跟母親行上十多分鐘，想著自己有朝一日，也要接受身體的限制和別人的扶助。完了教會崇拜，也會陪母親到就近餐廳午飯，點的是母親喜歡和容易入口的食物。想著兒時母親可能都會遷就自己的喜好來煮菜給自己，現在是自己孝順母親的時候。

從誰牽著我的手，到我牽著誰的手，見證了歲月的流逝，生命成長，親人的老去，人生的四季。也想到人生走了一半，除了親人的牽引外，最寶貴的，還是信仰上遇到上主，是祂一直牽著我的手，這首經典的詩歌，幾句就勝過千言萬語：

親愛主　牽我手　堅立我　領我走
我路途　佈滿霧　看不透
你引路　過黑夜
縱遇危難同度過
皆因你　緊握我　拖帶我

因為我們經歷過有主的牽引，我們也可以伸出自己溫暖的手，去牽別的有需要的人的手。

與年老母親相處的秘訣

有機會跟一班中年人談起跟年老母親相處的煩惱，不少時候負起照顧母親的責任的，都落在女兒肩頭上，所以，聽到較多的是女士們的掙扎。

在他們的分享之中，年老的母親有兩個令人煩惱的特點，第一是經常想當年，重重複複的説著一些往事，加上老年人的記憶有一個令身邊人困擾的地方，就是他們有著很好的長期記憶，往事的細節可以巨細無遺的向你訴説，但短期記憶卻其差，就是他們剛剛説過的往事，他們都總忘記有沒有告訴你，所以，見到你又再説一遍，這很考我們的耐性。我能鼓勵這些中年女士繼續聆聽的原因，是老人家有一個年老時發展的任務，就是透過回顧一生來得到生命的圓滿感，所以，在他們想當年的時候，我們的任務是叫他們感到自己的人生是活得很不錯的，不應帶著遺憾感離開世界，我們可多肯定我們的母親持家有道，對子女有很好的貢獻來安撫他們因回顧一生而感到遺憾的感覺。

第二個令中年女士煩惱的是他們的母親的心理狀態不時在轉換，一時像一個小孩子，要你愛錫，一時又變成一個母親的角色，看你為小朋友，要教你「做人」，大小事都批評你，令你很氣憤，你已經五十來歲，她仍然當你是小朋友，當眾向你説教，敷衍她，她又不放過你，令你很想逃離現場。你似乎不知道用甚麼態度和方法來跟這個角色不時在變的老人家相處。心理學上有一個理論是說每個人都有三種心理狀態，就是父母（parent）、成人（adult）和小朋友（child），我們的母親就是在這三個角色中不停地轉，我們可以如何面對呢？俗語有云：「見招拆招」。她要做「父母」，我們就即刻變身成為一個聽命的小朋友；她要做「小朋友」，我們就要做大人來想方法討她的歡心，希望她可以儘快回復「成人」的狀態。或許我們要退一步，就能海闊天空了。要處理的其實是那一刻（moment）的情感互動，處理到就會過去，不需要太過放在心上。

看著自己心愛的母親因年老而性格、心理起了這些變化，其實內心是十分難受，跟她鬥氣其實是無謂的事，我們要學習接受這就是她這個人生階段的特性，有朝一日我們也會似他們的樣子。所以，在他們人生的尾段，儘量讓他們快快樂樂的渡過，就是給母親最好的禮物，一種孝順的回饋。

結婚三十周年有感

中年人往往是站在時光隧道的中央，遊走於過去與將來之間。

中年人相對少參加婚禮，自己的同輩都已結婚，若未結婚的，大概也不會給你來一個意外驚喜吧！或許再過多十年八年，再參加婚禮，就是自己的下一代結婚的年代吧！

有機會為一對新人作婚前輔導，也被邀請在他們的婚禮上作訓勉，望著這兩位快三十歲的新人，想起《屋簷上的小提琴》（Fiddler on the roof）內的一首名曲〈日出日落〉（Sunrise, Sunset），是一對老夫婦望著女兒結婚時唱的歌，摘下幾句精彩的歌詞如下：「這豈不是抱過的小女孩，這豈不是在玩耍的小男孩？我也忘記自己已經漸老。她是何時變得這樣漂亮，他是何時長得那麼高？不是昨天嗎，他們還很小吧！日出日落，日子飛逝，種子一晚就變成一朵向日葵，我們望它盛放。我可以給他們甚麼智慧之言，幫助他們平順的上路，現在他們一定要向對方學習，一天又一天的。」

結婚剛三十年的我，對過去有不少追憶，三十年前自己也是站在祭壇前，與太太許下盟誓，當時自己興奮的心情，太太作為新娘子那滿面驕人的美態，還歷歷在目。站在時光隧道的中央，我回望，我感恩。與太太度過三十個寒暑，當中的喜樂與眼淚，有同路人分擔、分享，彼此不離不棄，豈不叫人感動嗎？所以，趁著這個大喜的日子，邀請了二十多位的親友，在一間小餐廳舉行結婚三十周年的晚飯慶祝。太太也少有的分享，以音樂作比喻道出夫婦能夠琴瑟和諧的秘訣。我也分享夫婦之道在乎忍耐與接納，忍耐能幫助我們放下一時之氣，知道怒氣過後，其實大家是愛對方的；接納是經過無數次的衝突、放下不再要改變對方來遷就自己的功課。

往將來看，我有兩個女兒已亭亭玉立，大女兒已經二十六歲。是的，再過幾年，我就會攜她踏上紅地毯，親手將她交給她的心上人，那感覺會是怎樣的呢？

望著一對新人，原來我也同時回望自己三十年的過去，和自己女兒十年後的將來。日出日落，季節交替。能經歷這些季節中不同的人生里程碑，能享受上帝給我天倫之樂。想到這，心懷向上主的感恩。

看見下一代成功的快慰

人生走到某一個階段，開始看輕自己的成敗得失，反而希望看到自己的兒女的前途順暢。

我的大女兒在高中時選錯了理科，高考成績不理想，所以在學業上走了一條迂迴的路，從副學士努力接上了大學，但高考失敗的經歷其實一直困擾著她，影響她的自信。其實她是一個活潑、有愛心和聰明盡責的女孩子。這些年間，看見她為自己的理想，闖過了多少的關口，做過大學的研究助理，再讀學位教師教育文憑，教了一年書，最終是想報教育心理學。這個學科競爭很大，筆試之後有兩次面試，最後收到通知取錄了，她開心得哭起來，經過這麼多年的努力，終於踏進自己夢想的門檻，作為父母，心中的快慰比自己得到甚麼成就或獎項更開心。

當然，兒女的成長歷程，不少都會勾起自己少年時的回憶，我也曾在學業上有一些挫折，要捱過一些低谷的日子，所以，在她低沉的日子，我是充分了解的，只好陪伴在她身邊和鼓勵她努力，不要放棄。作為父母，我知道我是不可能代替她去經歷這些人生的挫敗，其實，最大的人生功課和自我成長的契機，都是在這些關口發放出來的，只是過程是不好過的。

有人說，子女是父母的一種延伸，他們的成就可說是父母的光榮，當然，我想這是一個程度上的差異，我們若將自己的成敗得失與子女等同，自己會很受他們的情況影響，也給子女不少心理壓力。我們也看到近年直升機家長的出現，就是這方面的寫照。我們若尊重子女的志向，不強加自己的意願在他們身上，只期盼他們能找到自己「當行的路」，從旁作啦啦隊，在能力範圍下，給他們經濟及情感上的支持，他們能否理想達到，就要看他們自己的努力了。

這種忍耐等候子女成長的心情，是每一個父母都能有共鳴的。

我家有三個兒女，二女兒也在尋索她的事業方向，兒子將考 DSE 了，他們的這些關口，也標誌著我人生中作父母角色的轉變，從照顧、引導到學習放手、作朋友等，他們的成長也就是我功成身退的時候，看到他們成功，也就退得安心了，你說怎能不感到快慰呢！

伴兒女成長

最近有機會看一套名為《我們都是這樣長大的》（Boyhood）的電影，是描述一個男孩 Mason 從 6 歲到 18 歲的成長故事，特別的地方是導演用上 12 年的時間，沒用不同人物當同一個角色，而是追蹤一個男孩，從小學生時期的可愛 Mason，一路拍攝下來到他成為大學生。看著這位主角在時間流逝的感覺十分特別，他的母親和父親都有再婚，這是一個描述父母離婚後帶著孩子重組家庭的有趣故事。是一套觀眾需要有點耐心、慢慢的來細細品味的電影。

作為有一位少年男孩的爸爸，這套電影給我的感受可不少。

看著 Mason 的成長，也勾起自己成長的故事，像時光隧道，看著他在鏡頭面前成長的變化，也回味自己那階段的自己。與兄弟姊妹成長的片段、跟男孩一起對性的好奇、少年時期的脆弱的戀情、找到自己的興趣和追求，這些對應平衡的回顧有洗滌心靈的作用，原來我是這樣長大的。

鏡頭一轉，我也看自己兒子的成長，透過電影，我能多了解男孩成長時的迷惘和感覺，我也多希望自己的兒子，找到自己的夢想和有所追求。慶幸自己算能給予孩子一個穩定和完整的家，讓他能在平穩的家庭中成長，不像主角要經歷兩位後父的困難和無所適從。這電影提醒了我男孩子成長是需要父親的陪伴和成為他成長的模範和英雄。

最近孩子派成績表，他將要考 DSE，在校的成績算是中上，但中文有很大的進步空間，有點為他著急，除了為他找一些中文的補習班之外，我下定決心，花一些時間幫他學習寫作、捕捉自己對事物的感覺，幸好他沒有抗拒跟我聊天，選一些好的文章給他看，與他分析文章可取的地方和作者寫作的進路和技巧，這是生命的傳承，我想比單單送他到補習社更有意思，是給父子一些相處和分享人生經驗的時候。

人生下半場是一個需要傳遞自己人生經歷的好機會，除了去找一些徒弟之外，自己的兒女其實是一個很好傳遞自己人生體驗的對象，我看著三位自己兒女的成長，他們正處於不同的人生階段的追求，我能夠在他們的人生之中，留下點滴嗎？當他們日後回顧，他們會想著自己有一位可親，樂於聆聽和指點他們的父親嗎？這是我當下的任務和挑戰所在。

退休後的安排與家庭角色

最多人談及退休的安排是財務的安排，保險業有關退休人士的計劃，主要是按退休後的生活費用，先儲多些錢，讓錢滾存，可以「食息」，但本金要相當大才能發揮這作用。我想有子女的退休人士比較優勝，若子女孝順，按月供養父母，那麼，要先儲一筆大錢的壓力可以減少。

然而給人忽略的是社交生活的計劃。退休人士通常已有一些退休初期的計劃，例如去一趟遠程的旅行，但這些一次過的活動，像曇花一現，很快就過去。心理學家建議退休人士要有一個平衡的社交活動計劃，最好是有動有靜的活動。動的可以包括行山、練太極、跳舞等；靜的可以是聽音樂、唱歌、閱讀等。兩者均衡的原因是一旦自己身體狀況變差，也不會一時間失去所有活動。

活動安排也要找一些可以持續進行的，例如筆者年老的母親也是一個積極投入社交活動的長者，在高峰期她可以一星期到兩三個老人中心，參加不同的興趣班，唱大戲、學普通話、唱卡拉 OK，甚至持續參加一些學習班；老人中心安排了一個盛大的畢業禮，讓參加者穿畢業袍影相。她也在這些持續的活動中，認識不少朋友，閒來通電話聯繫、減少孤單寂寞的感覺。這個年紀，能夠建立新的友誼是十分重要，因為一些年輕時建立的朋友群，也因著人事變遷越來越少。

常常聽到女士的投訴，就是當丈夫退休之後影響了她的日常生活規律和習慣。例如丈夫多用了廚房，弄得一團糟，要她「執手尾」；又或者退休的丈夫無所事事，經常要太太陪伴，令她失去了社交生活的自由，這也是需要在家庭中作出調節的。當然，夫婦也可以因為退休後多了相處的時間而重拾變淡了的夫婦感情，帶來夫婦關係的更新和第二春。這當然要看夫婦二人能否掌握這些契機了。

另外，退休人士容易感到人生缺乏意義，若有機會可享受含飴弄孫之樂，但若子女都在外地生活，只留下老人家在港，生活便容易失去方向。若身體狀況尚佳，也可以參予一些義務工作，在教會內幫忙作一些簡單事務，或派單張，或作崇拜時段的兒護工作等，都可以令生活更充實。

退休人士也會觸及生老病死的問題，會安排自己的身後事，但最重要的是找到信仰的歸宿。老年人的福音工作十分迫切，除了人口老化外、加上退休人士有更多心靈空間，面對自己人生意義的問題。教會也當投放更多資源在這方面的工作，讓退休人士得到最好的安排，就是心靈及人生價值的安頓。

成就的定義

偶然間坐在電視機前面，港台的節目正介紹一些香港的藝術家，看到張義的雕塑作品。張義是香港著名的雕塑家之一，我被他的作品具有很強的現實感所吸引，他創造的作品很多都受到中國甲骨文影響的蝕紙版畫及雕塑，在香港的文化中心可觀賞到他以螃蟹為藍圖創作的《橫行將軍》。

看電視的訪問時，一個快 80 歲的老人家給我深刻的印象，他完全沒有老態，談話間仍然很有火氣。原來他曾立志以自己雕塑的作品，為中國人在世界的藝術舞台爭光。他的理想其實已經達到，他的作品遍佈世界各地的藝術館。但問到他是否已滿足自己的成就時，他卻覺得自己的成就算不上甚麼，他認為真正的成就在於他能訓練出比他更成功的徒弟。這是生命的一種傳承，我覺得他的想法很有意思。

人生下半場的成就不再是自己能建立起甚麼江山和名堂，我們關注的是如何將生命傳承下去，不論是自己的兒女或是自己的下屬、徒弟。我想這種想法也是十分自然，是將自己生命的影響力延伸下去，自己對某些生活中領悟到的人生智慧，只歸自己擁有是沒有意思的，它若能留於萬世，才有他的價值。

在自己的教學工作中，我最感到挑戰和滿足的是督導學生做輔導個案，能夠啟發同學有效地幫助受導者，看到他們不單在技巧上有進步，而是個人的自覺能力個人都有成長，是我最感高興的地方。我經常跟別人分享，做臨床的督導，彷彿是我間接的，透過學生的手去做個案一樣，比自己親手完成一些工作更感滿足。

回想自己生命的師傅，有一位輔導界再已離世的前輩，他對我無私的付出和工作上的肯定，是我十分感激的，當時自己不明白，自己有甚麼特別，值得他對自己的信任和提拔，他跟我的閒談和分享自己的經驗，到今日仍銘記於心，想起有一個以導師為題的雕塑，有一段很對導師很有意思的描述，在此跟大家分享：

「沒有人留意　你卻看見我在掙扎
你大可以走過　卻沒有
你的思想　你的笑容　說服了我　追求超卓
你對我堅定的信心　激發我達到目標
而假若我不幸落空　你依然守在我身旁
有像你這樣的人　真是好得無比」

以此懷念我的一位良師李兆康先生。我希望自己亦能步他後塵，以提拔後進為己任。

工作場所面對新一代同事

中年人談起自己公司年青的同事，不少會慨嘆：「為何每一代都會覺得『一蟹不如一蟹』？」我想他們是指年青人的工作態度散漫、沒有交帶、對長輩缺乏尊重、有時十分自我、對工作缺乏長遠計劃、不時想著放假去甚麼地方旅行。

是的，一個四五十歲的人跟初出茅廬的人年紀差距達四分一個世紀，有代溝實在是在所難免。這其實並不代表年青人沒有理想，他們只不過看待工作跟我們不同，事實上他們仍在成長的路程中。這一代發展階段的里程碑很多都推遲了，他們大多比我們較遲畢業、結婚和生兒育女，心理學説這是延遲了的少年階段（delayed adolescence）。我們的成長往往是被人生的經歷所洗練的。他們在我們心中不夠成熟是可以設想到的。

在工作場所面對新一代同事相處，有幾件事情我們是要了解和注意的。

第一，他們有新一套對工作新的想法。我們這一代人認為只要勤奮和盡責，就可以在工作世界取得一席位，所以，我們不怕長的工作時間，OT 也不會抱怨，知道工作世界艱難。年青的同事卻不是這樣想，他們將工作與他們的餘閒時間的界線劃得十分清楚，放工後他們要有自己的享受，不時想著下一個旅行會去那裡。最近也聽到年青人是可以為了去一個悠長的旅行而辭退工作，他們追求的是人生的體驗，所以，年青人參予一兩年的working holiday，放下在某工作上晉升的機會。

或許，他們意識到要攀升到工作間的高位並不容易，因為有我們這些中年的同事坐著不走，他們轉工的次數也比我們多，也十分習慣這樣做，所以，一生人只打一份工的年代過去了，他們在尋找生活的體驗，所以，在工作間，他們對權威相對沒有我們那麼怕老闆或上司，要得到年青的同事的尊重，並不是靠我們在工作間的權位，他們知道我們真的「有料」，不會時時在背後看著他們出錯來教訓他們，反之，這一代的年青人在家庭和學校都是有讚賞和掌聲相伴成長的，在工作間他們也需要不時的鼓勵和讚賞的。我們有時指出他們的錯處是想他們成長，原來他們是較接受「啦啦隊」多於嚴厲的教練。

新一代是電子產品和新資訊科技的文化下成長的，要跟他們溝通，多用這些媒介是容易連到線的，就像不少父母要去學上網或學用智能手機來跟年青子女連繫一樣，我們也要與時並進來與他們相處。

或許我們也可以從他們身上學習的，他們比我們較易進到「工作時工作，放工後就要遊戲」的狀態，我們轉個角度是有點工作狂，不懂遊戲人生。他們甚至視工作為遊戲，他們羨慕的是新一代的公司如Google的創新、返工似進到一個很大的遊樂場，可以追求他們的理想，只要觸摸到他們的創意的靈感，他們也可以日以繼夜的去尋夢。

這是我對新一代同事的理解，希望能幫你去解讀他們的工作倫理（work ethics）。

與年輕人合作多好

最近有一個寫作計劃，全本書都是我策劃的，是一本關於年輕人在這個時代的生存技巧的書。這是一本我用了好一段時間構思，卻短時間內完成的書。原因有兩個，第一，書中有不少意念是我過去幾年都不斷探索和筆耕過的題目，現在將它放進一個有意義的框架，鎖定了年輕人為對象之後，文章透過放進時代和處境的元素而重新組合完成的。第二個原因是我找來兩個年青人作好幫手。九個課題中有四個是他們寫的。一位是我在學院輔導科的高材生，他對文字也很感興趣，跟我一些的志趣也相近，便邀請他參予這寫作計劃，他本來是一位建築師，是一個典型在這多變世代轉行，找到自己新理想和方向的例子，現職教會的輔導員。他負責了其中三篇，餘下的一篇是我的女兒所寫的，她一直以來對語言也感興趣，學士是修電腦科技和互聯網的多媒體，碩士是修翻譯學，在學期間有過一年在北歐交流的經驗，對旅遊和不同文化甚感興趣。她寫那一篇文章是有關雙語的優勢，這也是她自己親身的經歷。

寫作過程我先將自己在那一個課題的想法及想表達的意念，跟他們分享。當然，我搜集過好的材料也全交給他們去消化和整理，如今，得到他們的參予，本書就完成了。相信他們所分享的，一定不會令讀者失望。

能與年輕人合作是一件令人可喜和暢快的事。我希望這嘗試，也開啟了他們寫作的熱情，將我們人生寶貴的體驗和學習，能透過文字與人分享。

在人生下半場的人，應該多與年輕人合作，我們有人生經驗和人脈網絡，有天時地理的優勢去當一個提攜後進（sponsor）的角色，不少年輕人需要得到人的引進，或說是介紹他們「入行」，多給他們機會參予，他們就可以起飛。

其實與年輕人合作，不單是對年輕人有益和有幫助，因為他們有前輩指點。作為一個前輩，我們從年輕人身上，可以感染到他們對事物的敏銳和新穎的想法，他們的熱情反而激勵我們對一些新事物的興趣，我們很有可能從他們身上學到一些新的事物，令我們的心境更加年輕。這是我們可能沒有想過的好處。看看身邊的年輕人吧！他們是我們生命動力的泉源。

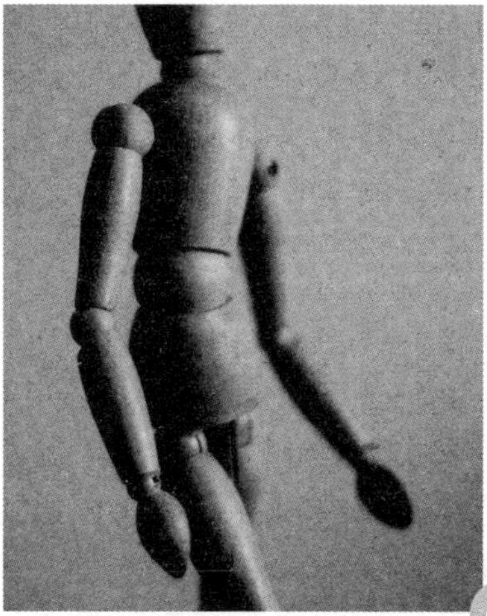

Chapter Eight

別讓身體的軟弱成為你的限制

男人女人的更年期

中年女性的更年期

雖然自己不是女性，沒有第一身的體驗，但觀察身邊的中年女性，也明白到女性在中年，身心靈也起著不少的變化。

最明顯是身體的變化。這包括容易疲倦、失眠和心煩氣躁等。市面也有一些針對中年婦女進入更年期的成藥，如甚麼甚麼口服液。這些身體的變化，普通認為是停經引起的，有說停經會影響中樞神經系統，所以帶來身體突然發熱（hot flash）、夜汗、記憶力減退、情緒的起跌和失眠等。但研究發現，只有發熱和夜汗是直接與停經有關，因為不是所有婦女都有以上的徵狀。不過，通常那些有經期困難的婦女，也較容易在停經期間遇到困擾。或許，這表明婦女一貫對生理的反應。

一般來說，我們對停經帶給婦女的影響，都是負面居多。事實並不如此。不少婦女停經後，會經歷增加精力和渴求個人成長的階段。所以，我們不應單以負面角度來看中年婦女的生理變化。

事實上，不少婦女在中年會有一種「再生」的經歷。當兒女長大，空巢往往是男性的問題居多，因為中年男性多想回家歇息，中年的女性多往外撲，彷彿被困在家多年，想看看外面的世界。或許，婦女神學課程也適切到婦女對靈性追求的需要。另外，一些義工團體的組織，也是中年婦女可以投身的地方。沒有兒女在身旁的婦女，可以過著相當充實和活躍的生活。

當然，已婚的婦女也要面對夫妻關係互動的轉變，不少婦女不耐煩自己丈夫在家庭上的被動和缺乏帶領，為此會有不少的怨言，甚至比以前較直接的表達出來，形成夫妻間的張力。事實上，婚姻真像一場舞蹈，夫婦間不時要作出適應，因應對方的緩急作出步伐上的調校，若夫婦間能多彼此了解和接納，中年夫婦也不難有第二春的出現。

中年婦女或許可以箴言中賢德婦人作模範，她持家有道、懂得投資理財、善於教養子女，也使丈夫得尊榮，甚至可以重投社會，對世界有所貢獻。

男士也有更年期？

中年女性其中一樣明顯的生理變化是停經（Menopause），也是標誌著女性生育能力的結束。醫學界對男性是否有類似的生理變化甚感興趣，他們問的是，男性也有停經的可能嗎？男性停經的現象便成為討論的焦點。

心理學家 Jed Diamond 便寫了一本名為《男性更年期》（*Male Menopause*）的專書，為我們揭開男性停經之謎。他發現男性在45至55歲之間，荷爾蒙和生理會有轉變，這生理轉變對男性的心理、人際、性生活都有相應的影響。

男性荷爾蒙（testosterone）雖然不像女性荷爾蒙，會令女性停經及隨之而停止生育能力。男性的生育能力能延長至70、80歲，但男性荷爾蒙每年遞減，確實帶來中年男性不少身心靈的困擾，例如精壯的體力下降、體重上升、容易疲倦、記憶力下降等。

但最令男性困擾的是性生活的興趣下降，性的滿足也比以前減少。性的困擾若得不到正確的處理，透過與年輕女士的婚外情來重拾自己年輕時的性能力，往往不是對症下藥的方法，反倒令婚姻家庭受損，這是中年男性特別需要關注的。

以下是中年男性因生理的轉變為性生活帶來的影響，要知道這是相當普遍的現象，自己有類似的情況也是正常的表現，不用過分擔心。這包括：對性的興趣下降、與配偶的性生活失去興趣而感到焦慮、為不能滿足配偶而擔心、射精力減弱、在行房時有時候不能達到高潮、可能會有與年輕女士發生性行為的幻想等。

像女性停經的治療一樣，補添一些男性荷爾蒙能改善及增強男性的性興趣和表現。但這既然是生理的自然規律變化，除了以藥物改善性生活外，在人生的下半場，男士要接受有下半場的性生活，或許不像以前擁有的那種激情和生理表現，「性」的基本情操是與配偶心靈的契合，彼此享受肌膚之親，我們追求的焦點，應該轉向友情、愛、親密，甚至靈性的進深，而不是感官的刺激。

面對身體衰敗的積極態度

現代聰明的消費者，在購物時都會考慮物件的保養問題，這種保養的意識是值得嘉許的。曾經拿一隻二十年前買的手錶到錶行抹油，除了錶面有一些生活的痕跡外，運作正常。但原來錶是需要四五年保養一次，想不到抹油保養也要過千元的收費。畢竟這是結婚十周年買來作紀念的名錶，屈指一數，錶已戴了二十年，婚姻多走了二十年，在這背景下，花費去保養它，似乎仍然有它的價值所在。

錶的機件能運作正常，需要保養；反觀中年人的身體，也應該特別保養顧惜。

中年只是走到人生的一半，下半生長路漫漫。保羅鼓勵信徒要將身體獻上，當作活祭。但身體若是孱弱，缺乏生氣（也自然缺乏靈氣），神也不悅納。我們也休想如摩西所言，若是強壯可事奉到八十歲。

保羅說「操練身體，益處還少」的時候，他並不是貶低操練身體的重要，古時的人，操練身體比現代人好得多，他要求人們像操練身體般操練敬虔而已。保養身體的方法有很多。適量的運動、良好的飲食習慣和作息有時，都是我們要持之以恆操練的。

適量的運動就像錶抹油一樣。曾經看到一個研究。只要一天有三段十分鐘的運動，就可以對身體有很大的益

處。運動的種類可以是多走樓梯、到公園散步、對關節有毛病的人，游泳是最好不過的運動。持之以恆的運動能有以下的好處：

- 精神抖擻，外表也有改善。
- 與飲食配合，能控制體重。
- 個人行動會有比較輕鬆的感覺。
- 甚至身體上的悶氣趕走了，心情好，人際關係也得到改善。

傳道書第十二章有一段對衰老相當嚇人的描寫：「看守房屋的發顫、有力的屈身、推磨的稀少（脫牙）就止息，從窗戶往外看的都昏暗（老眼昏花）……雀鳥一叫、人就起來（早醒），歌唱的女子，也都衰微（耳聾）……杏樹開花（滿頭白髮）。」我們若不想這衰老的現象提早到來，身體的保養就不可以掉以輕心，不付上時間和恆心的代價。

不時跟努力做運動的朋友打趣說：「我們勤力做運動，不再是為了 keep fit，而是能夠 keep 住唔 fat 下去，已經算是達標的了。」

都活在這身體這老朋友幾十年了，我們真的要善待「他」，不然，他發怒不願動，我們就頭痛了。

祝君身體健康

在寒冷的大清早，我從暖暖的被窩中走出來，就出發去做每週兩次的游泳運動。屈指一數，這個運動的習慣，已經維持了十年。話說十年前，因為要埋首自己的博士論文，日以繼夜的，對著電腦的屏幕工作，應該是坐姿不正確吧，竟然弄來頸項 C5、C6 的位置有骨刺之苦。右邊的肩到右手都痛得要命，連執筆寫字也有困難，經過了大半年的針炙及脊醫的治療後，總算痛楚消退，回復正常的生活。

自此之後，為了頸部的肌肉鬆馳，便開始了每週兩次游泳的習慣。我是早上返工前去游泳的，原來去游泳的，不乏退休的老人家和中年的上班族。閒談間，不少都是身體發出警號之後來的，有一些在泳池附近返工，他們是一星期五天，風雨不改的來做運動。到了這個年紀，愛惜自己的身體是我們走下去的必須條件。

十年前有位為我診病的醫生朋友，笑說骨刺是退化性的病，只會差落去不會好的，回望這十年，偶然因為工作壓力大而有輕微復發的病徵出現，我便加倍的勤力做運動，我發現一個規律，哪些日子越忙越大壓力，我就要花更多時間做運動。

我有一位退休快一年的朋友，他是一個讀書、做研究的發燒友。近年研究最多的是飲食和健康的課題，例如黑

糖比白糖健康、脂肪有多少種、哪些生果有甚麼食療作用等，跟他午餐，都是食得十分清淡的。是的，我們要下半場有一個愉快的生活，身體健康和無病痛是首要的。

晨運、行山、讚美操、太極、健身、游泳、打網球、乒乓球甚至行公園，都是一些選擇吧！要養成一些良好習慣並不易，或許我們都不會反對做運動的好處，但持續的去操練，可能要找一些伴，或有迫切的健康理由，才能下定決心去維持這習慣。

預防勝於治療是不錯的，我經常取笑自己，我第一個專業訓練是職業治療師，工作間擺設和坐姿如何不會令身體受壓，我是有頭腦的專業知識，在忙碌和拚搏的生活節奏下，我都是犯了不少導致身體受損的錯，說是痛定思痛是十分貼切的。

在學院教書，看見一班班同學埋首於書本和電腦做功課，我總是看到昔日的自己，也會提醒他們要注意作息，有健康才能享受生活和事奉。我默默的，祝君健康。

他朝君體也相同

有一天晚上，鄰居的太太突然按門鐘求助，原來她的丈夫跌在地上，她跟兒子也無能力將他扶回床上去。我跟兒子走過去，見他其實清醒，只是身體真的十分虛弱，他也不時提議我們可以怎樣用床單協助來搬起他。我們四個人花了一些時間，才順利將他搬上床去。聽說他只是剛從醫院出來，太太不好意思再叫喚救護車，才打攪鄰居。當然，我是十分樂意的，鄰舍是應該守望相助的。

回到自己的床上，卻猶有餘悸，回想起他的一些轉變。他只是一個 50 來歲的中年人，年多前他不是一個充滿活力，經常去做運動的人嗎？沒想到，這年間出入見到他開始消瘦，原來已經是癌症第四期，他連由躺臥的姿勢坐起來亦不能，我慨嘆我們身體急速走下坡時的脆弱。

或許這位男鄰居跟我年紀相若，看到他身體不由自己主宰，連平常很簡單的動作都做不來，心裡是十分難過的，我們大男人，最為自己有健壯和靈活的身體而感自豪，踏進中年，未能有年輕時的體魄，我們已經要慢慢適應；若有一些肩膊或關節上的毛病，我們會跟別人慨嘆自己：「年紀大機器壞」。但身體如此急速的變差，真是不容易接受的生命實況。

接著就有不少的代入和想像，他的太太如何接納由習慣被丈夫保護照顧，現在角色倒轉，要去埋身照顧丈夫？

當自己力有不逮的時候，她內心是有多痛？我想著，有朝一日自己生病，身體先比太太變壞，我的太太能承擔到嗎？見到老伴病痛又不能做甚麼減輕對方的痛楚時，我們是如何面對的呢？

扶起這位鄰居的時候，因為有一些動作平時少做，我也猛然用力過度，右邊胸口的肌肉抽了一下，痛了好一段時間。這也提醒自己要多做運動，身體健康是如此重要。

跑馬地天主教墳場的大閘門外刻有對聯：「今夕吾軀歸故土　他朝君体也相同」。根據維基百科的記載，研究香港教區歷史的學者夏其龍神父認為這是查理曼大帝的老師寫的拉丁文詩句所譯成的，直譯的意思是：「旅人，你與我當年一般，而你終有一天也會成我這模樣。」這句說話給我不少反思。保羅的說法更加積極，他說我們外體雖然毀壞，內心卻一天新似一天。接受身體會衰退的同時，我們要追求心靈的更新和成長。

我的車又有小毛病了

這個星期發現我的車經常泄漏冷卻劑，趁星期六找一個熟悉維修車輛的朋友來看，診斷了是水箱漏水，要更換。找了一個相熟的汽車維修師傅報價，自己去買零件，將車放下給他處理，如是者，一個對家人來說是大好的星期六就沒有了，只好弄了一個乾炒河粉給家人吃作補償。

太太對這車輛間中出現小毛病而感到十分煩，我卻不以為然。心想，要去處理車的人是我，為何我不覺煩，她卻煩起來呢？我們說，別為小事找煩。我看這車行了八年，有一些小毛病出現，就像我們這慢慢老去的身軀。我接受了這現實，帶車去作檢查維修，就像自己要去看醫生檢查食藥或調理一樣，既然是必然會發生的事，就好好做好它，如何找到便宜的零件、找個技術好的師傅去維修，倒是我的關注所在。

晚上自然找一些老友報告一下車的情況，老友的車比我的還要老，他也剛巧要處理車的小毛病，我們的車可算是同病相憐，交換了一些處理過程的心得，事件總算完滿解決。要破的財不是太大算是好彩了。

保羅說：「我們的外體雖然毀壞，內心卻一天新似一天。」當中有很深的屬靈和人生的體驗，我經常奉勸那些被我們老師逼迫要埋首做功課的同學，年紀不輕了，要量力而為，做功課做到水深火熱都要注意坐姿，間中起來走走休息，否則弄到自己的機械出現了問題就不值得，我也是十多年前因為趕寫論文而弄出了頸部的骨刺，這十年來，我已培養了定時做運動的習慣，不做劇烈的運動，和作息定時。我外體的毀壞，令我體驗到要更新自己對工作事奉的看法，就是沒有健康的身體，其實談不上有好的事奉，因為事奉能長久，要倚賴我們要有好的身體狀態，保羅雖然説，操練身體益處比操練靈性還少，但操練身體仍然有它的價值。

其實小毛病是身體給我們的訊號，我們要小心聆聽，不要否認，以為不用處理會自然好轉，小毛病是給我們及早避免「大件事」出現的好幫手，所以，欣然去看這些生活中找煩的事，這不也是生活的一部分嗎？

老餅之歌，你中幾多？

年青的日子，我們看自己的身體像一部機器，任我們使用，為了生活，有時不自覺的將它勞累。轉眼間，這部機器已用了這麼長日子，所謂「年紀大機器壞」，它開始按捺不住發出警號，向我們投訴，明明我們應該看它是朋友，我們卻看它為一部機器。

最近有友人在臉書上張貼了這首通俗的「老餅之歌」，細看後不禁會心微笑。

一晚通宵唔捱得
兩腳遠啲唔行得
三粒藥丸唔少得
四篤夜尿唔忍得
五更醒咗唔瞓得
六種骨痛唔郁得
七種凍品唔受得
八卦小氣唔激得
狗屎垃圾唔捨得
十分鐘後唔記得

雖然我未至於「十項全能」，但最少這篇文都是因為「五更醒咗唔瞓得」而出現，既然醒了不如起床來爬格子，好過望著天花睡不了。當然我會儘快完成它，不至於「一晚通宵唔捱得」。

跟年紀相若的朋友談天，不少都是談「兩腳遠哟唔行得」和「六種骨痛唔郁得」的煩惱，特別有一位像我當年要趕完成博士論文的朋友，她頸和肩都有痛症，令她睡眠質素變差，也不能長時間埋頭苦幹。她開始學習善待身體這位老朋友。是的，我們不應看它為機器，它是我們的老朋友，勞累過多的老朋友，真的「三粒藥丸唔少得」，都是那些補關節的葡萄糖胺（Glucosamine）。我只好祝願她勤做運動，並能儘早完成論文，不致要長期跟這位老朋友作對。

慶幸的是我開始了解要向物件進行「斷、捨、離」，就是斷絕隨意購物的引誘、不斷捨棄一些不一定要擁有的東西，近年除了是因為教學緣故，不會像年輕時隨意買書，與物件保持一種心離和實際上的距離，不被物欲所困，所以，「狗屎垃圾唔捨得」就不會在我身上發生。

不過，不知是好是壞，就是短期記憶的失效，明明聽過一個電話錄音後，知道要回覆某人電話，當其他事情闖進，自己亦忘記將覆電話這件事放進辦事的清單（To do list），就容易忘記覆電話，直到友人再來電，才萬分不好意思。這是短期記憶失效的「不好」。其實短期記憶失效也有它「好」的地方，年輕時對別人的批評會耿耿於懷，不容易放下，最近發現一些別人對自己的微言，也成為短期記憶的一種，不會記在心內，我看這是一種好和祝福。因這這樣就不會「八卦小氣唔激得」。至於「七種凍品唔受得」，其實沒甚麼大不了，熱茶、熱咖啡哪個上年紀的人不喜歡？不喝凍飲談不上是一個身體上的問題呢！看輕點吧。

當身邊的親友有癌症

不知道有沒有科學根據，認識的朋友當中，很多癌症病發的，大都是有不少生活壓力或面對很大的人際逆境。從他們發現自己確診有癌病了，經過不短的震驚之後，接著就是如何與它戰鬥，如何部署，用甚麼治病的策略，去找自己身邊曾經有過類近情況的人去取意見。當然少不了是治療過程的開支。

知道親朋有事發生後，我們最想是成為他們的支持，因為知道那是一場硬仗，雖然成敗跟病毒有幾惡、醫學對這病有多大的掌握相關，畢竟這場仗是令人心力交瘁的，作為身邊的親友，陪伴、聆聽、安慰、打氣是少不了的。一些實際上的協助，如陪伴去覆診，進出醫院做手術等。這過程除了努力去作出一個積極樂觀的支持外，當見完這些親友回家的路程，總會勾起不少對生命的長短、人生活著的意義的思考。

認識一位作老師的朋友，被教學、行政的工作壓得透不過氣來，確診癌症要最少半年的療程，他幽默的說，終於有藉口可以停下來，好好休息，不用上班幾個月，算是給自己過勞的一種補償吧！說到醫療費用不菲的時候，除了去申請資助之外，他都認同，在生命面前，錢顯得不那麼重要。身體要緊。努力賺錢弄出過病來，這又有何價值呢？

我們到甚麼時候，才曉得從沉重的工作中停下來，注意自己身體的健康，我們大多是機件有故障之後才去處理自己身體的問題，怎料我們身體是一個整全的系統，不像電腦，隨時抽出壞的配件，找件新的配件就能 plug and play。

也有一些朋友，癌症康復後有一個限期，要不是翻發，就是身體在受治療的過程中，殺了惡細胞的同時，好的也陪著一起內傷。未及賺回來的日子好好去過，第二次衰殘又來，死神臨近，我們的無奈、對命運的怨憤、抗議仍然是少不了，卻又顯得無力。看著這些親友消瘦和衰弱，心中是難過非常，但見面時，總不能不暫時掩蓋自己的傷心，盡能力去陪伴和同行。

生命真的很短暫啊！經常想不通的是，活著時生命的抉擇，如何影響我們永恆的存有，為甚麼會那樣不對稱，我們如何活好這一生，或許這也是傳道書的作者所掙扎的問題。當大病未出現之先，我們就要好好想通這些種種為上。

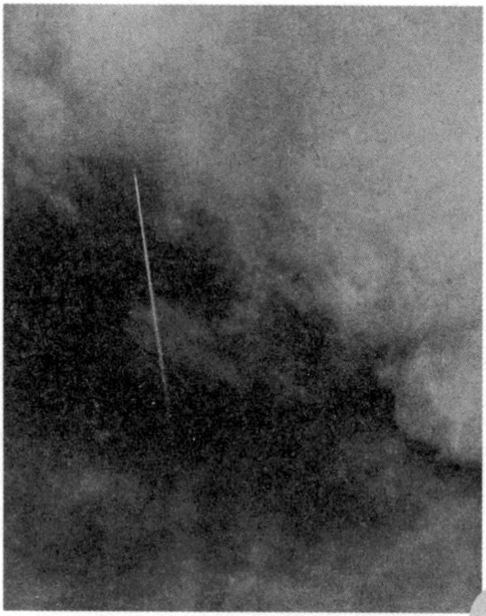

Chapter Nine

規劃全新的生活

你想提早退休嗎？

近年不少人提早退休，由有一份正職進入沒有正職的狀態，由期望它的來臨到退休期因身體衰退而終止，心理學家 Robert Atchley（1985）提出一套六個階段的進程。假若你正考慮提早退休，不妨先了解提休時要經歷的不同階段。

第一階段是退休前的準備，不少人為自己退休後的生活儲蓄、也計劃退休後如何完成自己的夢想，包括環遊世界、學習一些年輕時沒機會學的興趣。

第二階段是退休的蜜月期，這是剛退休時的感覺，可以享受自由、不用上班的時間，這階段是完成自己夢想的最興奮的階段，將屋子重新裝修、到歐洲旅行等。

第三階段是迷惘期，當想做的事情都做了，退休的人開始有太多空間、時間，這是一個頭痛的問題，這階段容易跌在情緒低落和生活苦悶的情況。

第四階段是重整期。退休的人開始較實際的看自己時間的運用，重新評估自己的活動，確立先後次序，尋找自己可以投入的事情上，這可以是第二事業（Second Career）。筆者認識一位商界成功人士，在 50 歲左右退休，他決定到神學院進修，並為一間幫助邊青回正軌的機構作董事，雖是義務性質，他卻全情投入，找到生命的新方向。

第五階段是穩定期。退休後生活有了規律，建立的生活框架是自己享受的。可以是一些義務工作、定期探望親友、充實的餘閒活動，退休人士感到生命的價值並樂在其中。

但退休期也有終結的日子，當疾病來襲，身體慢慢衰殘，我們活動的能力減低，甚至不能照顧自己，這也是我們要面對生命終結的時候。

我想退休的秘訣在於退而不休，退去一些工作上，或作父母角色的責任後，我們是多了自主的時間，沒有別人給你規範的時間運用時，我們若不積極投入生活，我們會變得「無用」、像失去自己的價值。退休前因工作的緣故，我們有一些生命的部分未得到發展的，或生活過往缺乏平衡的，退休後就是可以完善自己人生的一個好好機會。

現代人退休的歲數各異，正常是 65 歲，提早退休的可以 60 歲，也有 70 多歲仍工作愉快。所以，若以 80 歲為人生的終結，退休的年數可以由十五年至四十年不等，這絕對不是一段短的年日，我們要確實的為這階段作準備，才不枉此生。

我是「金齡男士」

最近在學院教書，談到退休人士的牧養和關顧。課堂的討論挑起我對這人生階段的興趣。在網上搜尋社會服務界在這方面的研究。看到信義會長者綜合服務在 2012 年 9 月發表的研究報告：「金齡男士」服務需要研究。

「金齡」是指生於「嬰兒潮」（1946 至 1964 年）的 50 至 65 歲人士。原來這年齡層的人數也不少，有接近 22%，還有上升的趨勢。這班金齡人士，壯年時經歷香港教育發展，經濟騰飛；在職場累積豐富經驗與識見；也經歷了社經地位「向上流動」（Upward Mobility）；經濟上也相對穩健。這份報告，主要探討「金齡男士」對「成功老化」（Successful Ageing）的詮釋，簡單來說是如何老得好！

調查是透過問卷和深入訪談而得，當中有三方面是比較突出的。包括放下「家人」、鬆綁！「發展興趣」和提升「生活意義」。我看這三方面是有相連的。

男士到了金齡，若子女已工作，有家用拿回家，男人就可以學習放下「一家之主」、「提供者」（Provider）和「守護者」（Protector）的家庭重擔。重擔放下，心情就有鬆綁的感覺。或是退休，或是工作節奏放緩，男士是有機會發展一些新的興趣。可以拿起年輕時想學而沒有資源和時間學的興趣，例如，也認識一位退休的牧師，拿起 saxophone 來玩樂，多寫意。當然，若發展出來的興趣能提升「生活意義」就更有意思。例如，學做西餅來送給貧窮的老人家，或學一些家居電器的維修來服務有需要的單親家庭或獨居老人，也是很有貢獻的。

望著這份報告，也驚覺自己也屬於這組群呢！「金齡」（golden age）給我一種矛盾的身分認同感。從工作或家庭責任中慢慢退下的階段，有著健康、魄力、財富及時間去做自己喜歡的事，可以是叫人舒暢和活得豐盛的年代，但也意味著黃金歲月很快就會過去。是應該慢下來享受這階段的生活，還是趁衰敗的日子尚未來到，趕緊完成自己未了的心願或作出甚麼貢獻。

傳道者的訓誨在耳邊響起：「少年人哪，你在幼年時當快樂。在幼年的日子，使你的心歡暢，行你心所願行的，看你眼所愛看的；卻要知道，為這一切的事，神必審問你。」

想不到，傳道者對少年人的呼籲，對我這「金齡」男士也有相同的忠告呢！

平淡見精彩

寫這些文章時，想傳遞的信息是人生下半場是可以活得十分精彩的。但這種精彩似乎並不是指生活中充滿停不了的活動，有各式各樣的、多姿多彩的生活。最近也給家人笑，太太跟女兒都十分喜歡旅遊，有假期就想著要去一個或長或短的旅程，我對這些走馬看花的旅遊，其實並不感到很大的興趣，我情願少去一些短的旅行，留多些假期去一個悠長、不趕急的旅程。

我其實是一個很有規律生活的人，每天一早起床會到麵包店買早餐給一家人吃，取一份免費報紙讀讀當天的新聞，在學院教學、見學生或備課；放工去街市買菜，跟家人一起吃一頓簡單的晚飯，之後看一套自己喜歡的劇集，晚上有空就跟太太到就近的公園散步，談談一些親友的近況，十一點準時上床睡覺，一天就過去，說不上精彩吧！

反之，應該說是平淡才對呢！

不過，生活平淡才看到一些偶發的事件的精彩。是一種對比下的感覺吧！例如，最近每週日若沒有特別約會或活動，我都會坐在家中看《我是歌手》的歌唱比賽節目，是一個內地製作頗有趣味和大型的歌唱節目，聽著歌手現場演譯他們自選的歌，曲目中不乏一些我沒有聽過的好歌，例如一首〈煙花易冷〉，寫戰亂將情侶分隔、枯等著對方的凄美，聽著有時感動到可以流一兩滴眼淚，借機會洗滌一下內心。才發覺自己有一段很長的時間，埋首事業、工作，而沒有好好欣賞一些經典的好歌。

另外，學院的生活雖然規律，看似平淡；但在教學當中，偶然遇上一些新的課題，也會令我進入一個探索新知識的旅程。近年自己新的興趣包括正向心理學、家居收納的生活哲學和不同的屬靈操練等，正所謂一花一世界，遊走於一些知識的探究，也可以豐富自己的生活素質。

教學的環節中，我最感到精彩的是督導輔導班的同學作輔導。每個同學的資質、性格和盲點都不同，作為老師，指導他們學習，有時候需要因應同學的不同而作出調節，有時候給他們處理個案的提議，他們將那些輔導的策略付之應用而得到良好效果的時候，我自己會感到十分滿足，彷彿透過同學的手間接去處理個案，能夠為人解難是十分令人興奮的事。

在平淡的生活中，全然投入，讓自己有所感，不論是感受或感召，也算是一種生命的精彩吧！

這樣生活很好

我看人生下半場要過一個快樂和正向的生活，可從三方面思考。

我們擺脫不了中國人的觀念，就是「養兒防老，積穀防飢」的想法。既然養兒防老這條線已不可靠，我們只可以從積穀防飢的角度想，就是要儲蓄多少錢來過退休後的生活，這種思維給我們不少壓力。其實生活可以很簡單，有屋住，食甚麼，穿甚麼，豐儉由人。我們大可以過一個比較簡樸的生活。拿穿衣服來說，我有一些常穿的衫，竟然不經不覺已跟著我十年有多，若我們不用經常交際應酬，穿衣服的花費真是可以很平宜。

年輕的日子，我們可以拚命的工作，看自己像一個取之不盡的魔法銀包，它代表我們成年人心目中自己無限的資源，這可以是自己的理想、事業、魄力、婚姻關係。我們總想測試這些東西的上限，以為他們有用之不盡的魔力，怎料將這魔法銀包「拉得太盡」，會破壞它的魔法，那些苦心建立的東西，可以在自己眼前消失。這可以是自己身體的健康、長期被忽略的婚姻關係，又或者令自己落入耗盡和情緒的低谷。所以，中年過後，我們注重的是平衡的生活。聽過一位中年男士的分享，他說現在已不像成年早期的拚搏，從工作的忙碌，回歸到享受與兒女的相處。除了工作與家庭的平衡外，工作與休息、理性與感性、動與靜、賺錢與參予義務工作、付出與接受別人的幫助等等，這些都是這個階段要學習平衡的。

下半場的日子大概比之前有較多的空閒時間。兒女長大，離巢而去，做母親就少了一些照顧兒女的掛心。職場大概到這階段，也不用太多超時工作，若能嚴守五天工作的原則，我們可以在工餘過一些充實的生活。我們不單可以從培養新的嗜好入手，也是多參予社會事務或義務工作的時候。早一段日子就跟一班提早退休的人士傾談，他們又稱為「第三齡」人士，「第三齡」是指從工作或家庭責任中退下的階段，有著健康、魄力、財富及時間去做自己喜歡的事，當中有金融界或工程師，他們就組織起來，為社區的老人家修理電器、打掃家居，以服務他人為生活的滿足來源。

簡單來説，一個快樂正向的生活，就是能享受簡樸的生活、從眾多生活的張力和要求中取得平衡，以及過一個充實和有意義的生活。

生活質素的追尋

一個人生活的質素，應該是取決於他怎樣過自己的生活。香港人大多數追求生活的安定和物質的享受，這大概跟經濟的收入相關，所以，我們努力工作賺錢，希望日後可以享受到自己心目中美好的生活。有經濟條件的人，可以吃好一點，可以住屋大一點，可以多去世界各處旅行。這看似是很合理的想法吧！這是物質方面能給我們的東西。

但吃得好之後，住得大之後，走得多地方之後，你會發覺也不外如事，物慾的追求是沒有止境的。就算享盡富貴，也會有感到沉悶的時候。你跟甚麼人一起享受美食、你屋是否有笑聲、你是否有伴同遊，似乎更加重要。清茶淡飯，屋小卻溫暖，跟親朋到香港離島走走，也是另一番味道。我看人際和諧比物質豐富重要。

偶然也會想想，假若我是一間大公司的總裁，整天在開會，打理人事問題或業務發展，是的，身分、地位、財富都有，我是否享受這些工作生活。商業社會將人所做的跟經濟回報掛勾，令一些工作變得低下、沒有價值。這是十分可惜的。試想一個修理技工，他從尋找解決維修問題的方案，到實際完成任務時的喜悅，他確實從工作本身找到樂趣，這不也是一種快樂的生活嗎？這可能比一個公司總裁能得到的快樂指數更高呢！除非他也樂於解決複雜的人事管理問題、商業市場上競爭時的策略部署。在我看來，一份多元化和適合自己性格才幹的工作最重要。

想起曾經幫助過的一位年青人，他對讀書有一些恐懼，但要做的工作，若能有某個學位，他會有更好的發展。他勉強自己好一段日子，最終都放棄了，但樂於投入面前的工作，當時為他可惜。現在回望，既然他快樂，有滿足感，生活又可以，是否值得要迫他走上成功的階梯呢？

最終，我認為有美好的人際關係，能全心投入的工作，勝過物質、名利的追求。我想這是不少人，在跌跌碰碰後才體現出來的人生道理。所以，都走到人生的一半，好好去善待身邊的人，跟他們愉快生活，製造共同美好的回憶。工作方面，經濟條件許可，找一些用到自己才幹的事去做，做義工，不收回報又何妨，生活質素的追求，可能近在咫尺呢！

DIY 的樂趣

對於一個音響愛好者來說，能夠自己動手製造出一部擴音機是一件令人十分興奮的事。知道有一些發燒友會自製膽機，這看似十分複雜，自己一直都不敢問津。最近在網上買了音響解碼器，期間看到可以購買一些小型擴音機的 DIY 零件，研究了一段時間，便鼓起勇氣，自製第一部 Class D 的小型擴音機。

發展這些工餘的興趣可說是一個難得的浮生半日閒，做一個小型擴音機，除了從網上購了半製成的電路版外，我還要考慮電源的供應，幸好這小型擴音機可以用那些舊 notebook 遺下來的火牛，就有足夠力度推這 Class D 的擴音機。接著是到香港有名的鴨寮街，去購買一些音響的小配件，如 RCA 及喇叭的插頭，左選右揀就可以花你一個星期六的下午，樂而忘返。接著還要物色一個小箱子，同樣是發揮廢物再用的好處，我有一隻裝錶的小木箱，正好大派用場。

能夠拿著工具來作事，對一個對慣文字及電腦工作的人來說，竟有一份莫名的滿足感，或者是在參予一個創造的過程吧。我要拿起電鑽，在小箱子上鑽一些孔給小零件安裝，當中設計、零件的擺位、拉電線等也是需要動腦筋，還要上 Youtube 學燒焊的技巧，將電源線、喇叭線等焊好，左試右試的，就用上了我好幾個假日的下午時間，最開心不過的是製成品初試啼聲，自己造的擴音機真的能發聲，那是多麼開心快慰的事，忙著叫家人來聽，跟一些玩音響的朋友交流，讓他們分享我的喜悅。

若你有機會到鴨寮街走走，你不難發現不少中年男士在尋找他們的樂趣，或許在壯年的日子，工作家庭兩忙，很難騰出空間來發展自己的興趣，或許現在就是時候，不為甚麼晉升、賺錢的目的來享受生活的樂趣。

自製一個小擴音機給我的快樂，是來自對新事物的追尋、學習，全情投入去製作和發現一些做事的小技巧和秘訣，花費不高，卻讓我可以有心理學上所謂忘我（flow）的經驗，有時候生活的情趣就是這樣簡單。

你有沒有一些 DIY 的興趣有待去發展呢？我的教會多年前成立了一個成年人的中心，中心最受歡迎的工作坊就是那些學造芝士蛋糕、麵包的課程，原因很簡單，我們每個人心裡都有一個想參予創造的渴望，創作能留下自己參予和個性的足印，因為我們都帶有創造主的形象，愛創造，回歸自己的本相。

消耗時間來征服空間

想起我們香港人，耗盡一生的工作時間，也只能辛苦地換到一間蝸居時，我想起 Heschel 的一本非常具影響力小品《安息日》（*The Sabbath*），他為科技文化（Technical Civilization）定調，現代人的文化是要征服空間的（conquest of space），但我們卻忽略時間的重要，甚至是以消耗時間來得到空間。我們香港人在居住空間的問題上，受著高價樓的困擾，窮一生工作的時間，只能換到一個細小的生活空間，對「以消耗時間來得到空間」感受至深。Heschel 說得好：「在時間之域中，生命的目標不是擁有，而是存在；不是控制，而是分享；不是征服，而是和諧共處。」當征服空間、獲取空間中的物質成為我們單一的人生目標，我們人類就走錯了路。

我們日常的用語，用 killing time 來形容無聊打發時間，其實這與現實正正相反，我們是被時間吞噬（time kills us），我們倒轉的說法只是想自己好過一點。Heschel 對時間的理解說得好，他指出時間是永恆的，世界的事物會廢去，時間卻永存。不是時間在流動，而是空間和物質在時間裡流動；不是時間消逝（time that dies），而是我的身軀在時間裡死亡。他在書中透過默想第七日的意義，引入一個帶來巨大影響的觀念：一種不是呈現在空間中、而是呈現在時間中的「聖潔的建築學」（Architecture of Time）。他認為生命意義，無法在空間及充斥於空間的物質中獲得，只能在時間及彌漫於時間的永恆中領受，因此，「安息日就是我們的大會堂」。

我們努力工作而不懂得安息是對生命一種忽略，我們需要安息日，叫我們慢下來，想想「時間」的問題，想想自己在時間流轉中消逝的生命的問題，我們需要休息，有時間去欣賞大自然創造的美麗，去慶祝生命不同的時刻。

當人努力要超越空間（Man transcend space）的時候，我們不要忘記我們人類是被時間所超越（Time transcend man）。當我們看時間和空間看得合乎現實的時候，我們就不會像歌曲〈陀飛輪〉所言：

曾付出　幾多心跳
來換取一堆堆的發票
人值得　命中減少幾秒　多買一隻錶
秒速　捉得緊了
而皮膚竟偷偷鬆了
為何用到盡了　至知哪樣緊要

你在時間與空間之間如何選擇？這是我們中年人既迫切又值得反思的問題。因為時間對我們越來越珍貴和重要。

生命的第二個循環

最近一班畢業生來我家飯聚，其中一位男同學是我八年前幫他做婚前輔導的，轉眼間，他已結婚七周年，還抱著他快一歲的兒子來見我們。BB總是我們談論的焦點，那些單身的女同學也哄著要抱小BB。看著這位同學這階段的工作家庭的生活變化，回想起二十多年前的自己，初為人父的挑戰和對生命奇妙的體會。是的，這是生命的第二個循環。

認識不少「好命」的朋友，兒女較早結婚生仔，他們有幸成為爺爺嫲嫲、公公婆婆的角色，抱著自己兒女所生的孫兒，那份滿足和玩孫為樂的心情，真是令身邊的朋友羨慕。看著孫兒，看到自己生命的延續，有著說不出的快慰。想起自己初為人父母的經歷，難怪那套音樂劇《Fiddler on the roof》的一首歌，〈Sunrise, Sunset〉會如此觸動我們。一對老夫婦看著自己的女兒結婚，他們慨嘆在日出日落的更替間，他們的女兒已經要從一個小女孩變得亭亭玉立，如今更成家立室呢！這是生命的第二個循環，看到自己的下一代經歷自己曾經經歷過的種種。

在畢業生聚會期間，我太太也分享一次當義工的經驗。太太提早退休之後，生活是挺寫意的，每週做健體操、參加一個婦女的手鈴班，和家長的國畫班，生活是相當充實的，都是自娛居多。這個暑假，她申請到一個社福機構當起小朋友補習老師的義工，期間遇到一位小朋友，他寫得一手很不錯的中文字，太太便由衷的稱讚他，小朋友喜出望外，原來他從來沒有受過別人的稱讚，他十分開心，便再努力的寫好那手字，太太驚訝原來小朋友是如此渴望得到稱讚。我想，處於人生第二個循環，她或許也會想想，自己有沒有給予自己的子女有足夠的稱讚，原來稱讚會令小朋友的眼睛亮起來。她從義務工作中不單是付出，原來自己也得著生命的反思機會。

是的，我們的人生是可以有第二個循環的，年輕時做得不夠好的，在自己的子女身上或當義工的時候，我們會重訪一些舊有的經歷，可以改變或優化自己做事情的方式，因為我們從人生的洗滌中，是可以在第二個循環出現的時候，給自己一個糾正自己在上一次的缺欠。你説，生命是多麼厚待我們。

Postscript

跋

Postscript 跋

不認識自己，下半場都是活忙

梁實秋先生對中年的結論是我計劃人生下半場的座右銘。就是在對人生和自己有相當認識之後，能夠作出選擇，作自己能作的事和享受甚麼的生活。認識自己是計劃下半場的先要條件，否則，我們下半場的生活都是在活忙而已。

當我思想策劃人生下半場的時候，有機會看到一本名為*Live Smart After 50!*的好書，是由Natalie Eldridge編輯的，搜集了不同的專家，幫我們規劃人生的下半場。我們50歲後如何仍活得聰明呢？是這本書的主題。她將我們要規劃的人生分為10個範疇，筆者將書中的小測驗翻譯出來，作為我們自我認識的一個小測驗。當你越清楚自己在不同範疇的想法，你就能為自己定一些生活的優先次序，從而計劃自己精彩的下半場。

非常正確	某程度正確	某程度不正確	一點都不正確	**人生策劃小測驗** 選擇最貼切的答案回答以下十條問題，評估你的答案以設定計劃的優先次序。	人生策劃的範疇
				我清楚在中年後繼續工作的選擇，是為了收入、保持活躍或是運用我的技能去做有意義的事。	好的工作
				我能說出十個在親密、友誼及支持程度都可以倚靠的對象（伴侶、家人、朋友、鄰舍）。	關係的回報
				當我年紀漸長，我知道怎樣保持健康、保持活躍、保護腦袋及讓我活得更好。	身體健康
				我對老年的住處、生活及與誰同住有概念，亦知道如何使它發生。	適合的住處
				我清楚自己的價值觀，亦明白價值觀如何影響我作決定。我清楚知道我如何將我的價值觀傳到下一代。	價值為本的生活
				我知道甚麼可以令我滿足及喜樂，亦知道如何放鬆自己及從生活中取得平衡。	快樂的餘閒生活
				我知道需要甚麼來維護我在生時及我繼承人的合法利益 。	我的遺產
				我對我的餘生所需用的金錢有明確的概念，亦知道其來源及如果管理那些金錢。	用錢有道
				我能看清我過往的人生與未來的聯繫，以及從哪裡開始決定下一步怎麼走。	我的生命之道
				我有一個計劃，以解決所有涉及這些問題的項目，並會定期評估和更新。	整體的規劃

當我用這十個範疇來問自己的時候，我大部分的答案都是「非常正確」的，這表示我是相當了解自己的需要的，例如，我已計劃了自己退休的年齡，知道退休後自己仍可以參予些甚麼工作。要說出十個可情感上支持我的人對我來說並不困難。身體健康方面，自從十年前有過骨刺之痛後，我已十分注重運動和飲食。至於住處，幸好早年已買下居所，不用煩惱退休的住所。其他有關個人的價值觀、餘閒的興趣活動、以及一些人生的學問，我的信仰都能給我不少指引，成為我生命的導航。我比較少思想的，還是自己如何處理遺產的問題，我只希望兒女都能自立，經濟獨立，我就不愁他們的將來，遺產我有的，其實不多。我看重的是屬靈的遺產。他們都信仰基督，有恆常的教會生活，我也不用擔心些甚麼。總的來說，我已安頓了不少人生的範疇，餘下的歲月，就作自己能作的事和享受自己能享受的生活。

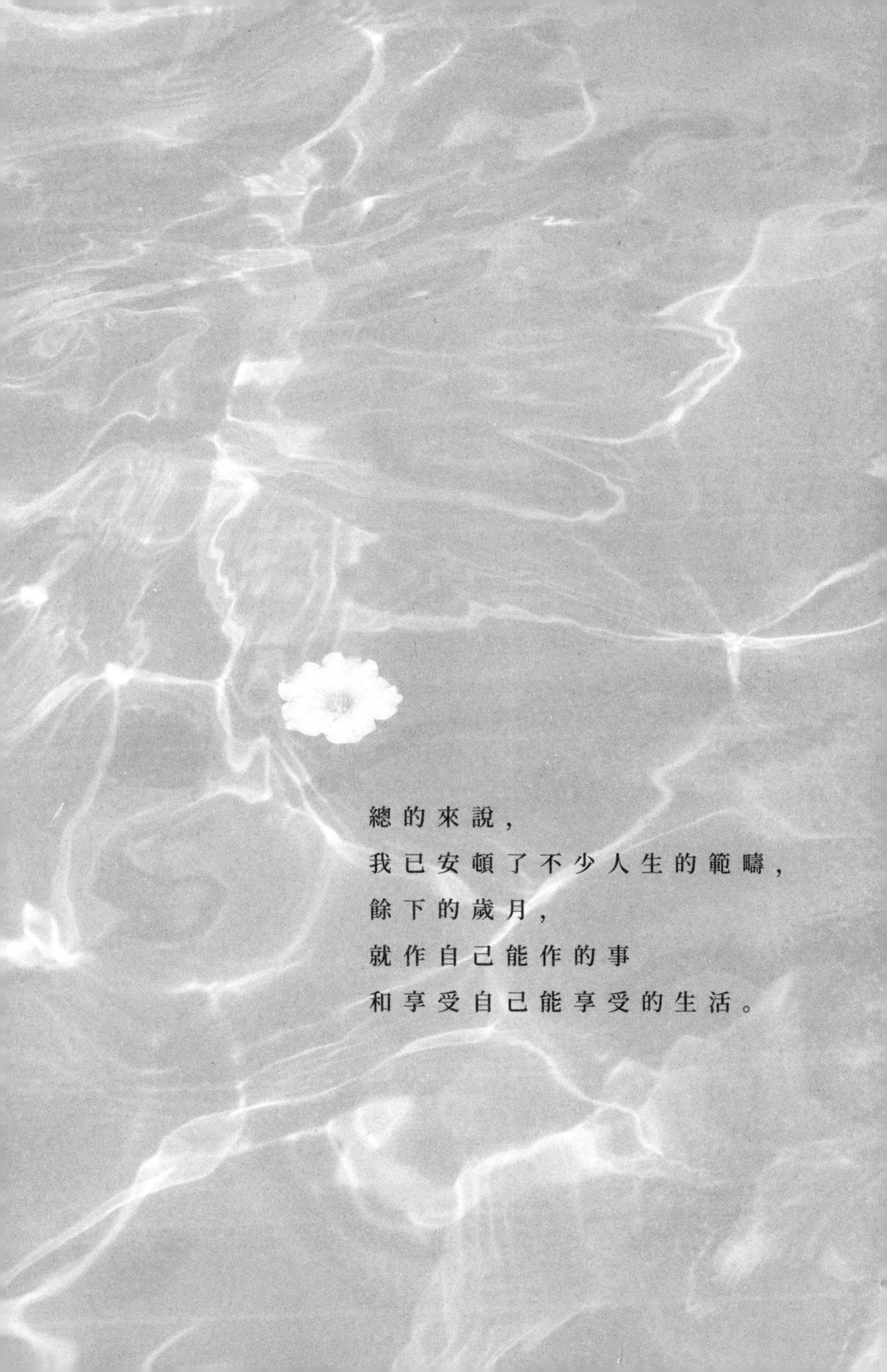

總的來說，
我已安頓了不少人生的範疇，
餘下的歲月，
就作自己能作的事
和享受自己能享受的生活。

enlighten &fish 亮光

書　　名：人生下半場
得到甚麼　失去甚麼　都要好好過
作　　者：區祥江教授

出 版 社：亮光文化有限公司
Enlighten & Fish Ltd
社　　長：林慶儀
編　　輯：亮光文化編輯部
設　　計：亮光文化設計部
地　　址：新界火炭坳背灣街61-63號
盈力工業中心5樓10室
電　　話：(852) 3621 0077
傳　　真：(852) 3621 0277
電　　郵：info@enlightenfish.com.hk
網　　址：www.enlightenfish.com.hk
面　　書：www.facebook.com/enlightenfish

2024年9月初版

I S B N　978-988-8884-21-6
定　　價：港幣$188

法律顧問：鄭德燕律師